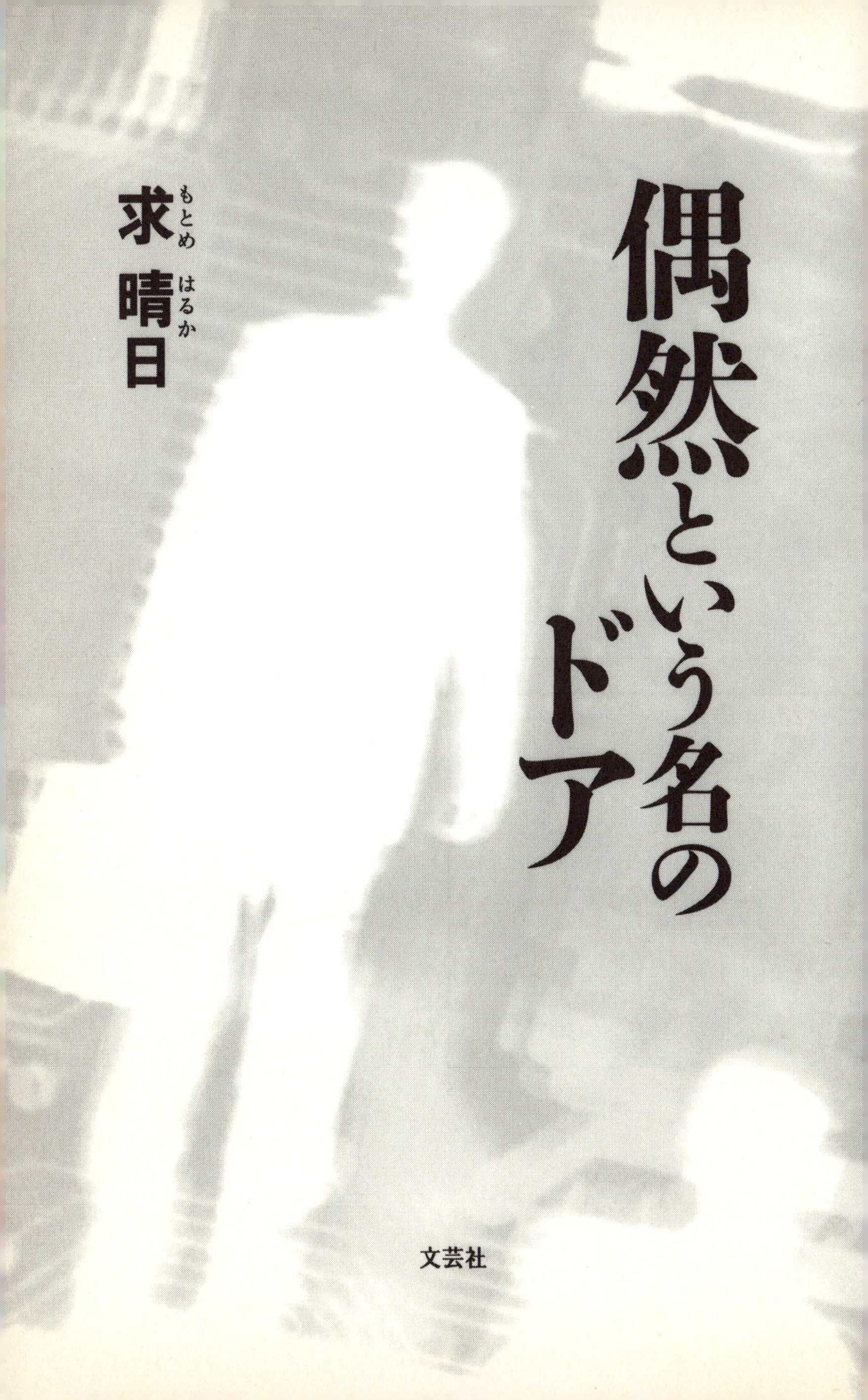

偶然という名のドア

求《もとめ》 晴日《はるか》

文芸社

我が子に贈るサクセスストーリー
人生には、いくつも、いくつものドアがある
あなたは気づいていますか？
その中に存在する
〝偶然という名のドア〟の持つ意味を……

1

きっかけは一人の女性からだった。その女性のすべてを自分のものにしてみたい、ただそう思った。バスルームの小窓から朝の柔らかな光が差しこむ。勢いよく出したシャワーが痛いくらいに身体を弾く。

俺、麻生翔吾は、夕べ抱きしめた葉子の香りを、まるで、かき消すように頭からシャワーを浴びていた。その女性の名は上野葉子。ある不動産会社の社長秘書だ。

出会いは約二年前、俺の勤務する旅行会社の店舗に、彼女はたびたび訪れた。それは、社長の出張時の交通機関のチケットを受け取りに来るためだ。仄かな片思い……。それで満足していたはずだった。あるいは、それでよかったのかもしれないが、俺の中の悪戯心が目を覚まし、それ以上を望んでしまった。

彼女の存在があまりに遠く、透明すぎて……自分の存在価値を見出したかったのかも知れない……。

言葉で表現するのはとても難しいが……ひと言で言うと、高根の花、だろうか？　彼女の持つ独特の雰囲気に引きつけられる。気品にあふれ、この上なく美しい。そして、母を思わせるほどにどっしりとした芯の強さを持ち合わせている。触れることすら何かおこがましいような気さえする。

その彼女に一歩でも近付きたい一心で、先日、俺は彼女にどこにでもありそうなひと夏の恋物語……を演出した。その計画は、海の青さと自然の偉大さに助けられて大成功を収めた。その結果、彼女は俺に恋してくれた。しかし、それは愛ではない。俺の望んだものではない。たとえ彼女を抱いたところで、それは手に入らないだろう。キーマンはきっと黒木貫志だ。彼は、彼女の直属の上司である社長だ。昨夜、それが分かった。

彼女を迎えに、彼女の会社の前まで車で行った俺は、出てきた彼女をこの手で抱きしめ、キスをした。彼女は俺の腕の中で、彼女と入れ違いに社に戻ってきた黒木貫志を目で追った。その彼女の眼差しは、今まで見たことがないくらい熱かった。俺は、身体が震えるほど嫉妬した。彼女自身の中に眠るものは一体なんなのか？ それを俺に向けて欲しい……俺だけに!! 今の俺では不足なのか？ それが、どうしようもなく俺の闘争心をかき立てた。

それにしても、あの男の威圧感は何なんだろう？ ほんの数秒間見ただけだった。奴が白いベンツで乗りつけ、会社に入って行くわずかな間の……。その風貌に、ただ者ではない雰囲気が漂っていた。そして、もう一つ……奴には俺の嫌いな匂いを感じた。それが何であるか、まだはっきりとはわからない。

俺は、シャワーを止めてタオルで身体を拭い、そして、そのタオルを首に引っ掛けてバスルームを出た。十畳のワンルームの部屋は、クーラーで心地よく冷えていた。

おもむろにカーテンを開けると、早朝にしては強すぎる日差しが部屋全体を照らした。俺はキッチン台まで歩き、水をグラスに一杯汲むと喉に流しこんだ。毎朝の習慣である。これで身体が完全に目を覚ます。

それから、ロッカーの前に立ち出勤の身支度を始める。下着と靴下を履き、素肌に真っ白な無地のカッターシャツを羽織り、薄い縦縞のグレイのスーツを身につけた。次にロッカーに掛かっている鏡に顔を映し、全体に短く切ったソフトウェーブの髪に軽くブラシを入れた。その後、鏡に映る自分の顔を見た。

あの夜、暗くてよくは見えなかったが、口髭をはやせば、少し奴に似ているかもしれない。しかし、天と地ほど違う。地位も名誉、財産も何もない旅行会社の店長風情のこの俺が、どうやって奴にかなうというのだろう。まず、奴を知ってみよう。そう思った。

鏡の下のネクタイラックから、赤っぽい柄の入った少し派手めのネクタイを選び、慣れた手つきでそれを締めると、ロッカーを閉じ、二人掛け用のキッチンテーブルの椅子に座った。このテーブルの上に、腕時計とバッグを置く癖をつけている。

時計を腕につけてから、同じくテーブルに置いてある小さな六角柱の水槽の中で飼っている熱帯魚にエサをやるのだ。非常におもしろい動きをする、コリパンダというやつが三匹、グレイ地に目から尾の直線上にかけてブルーと赤の発光色の入った、メダカのようなネオンテトラが五匹いる。プラスチックの容器に入ったエサを、水槽の蓋を取り、パラパラと水面へ浮かした。今日も元気に食いついてくる。それを眺めながらコーヒーを飲む。

海の中の様子というのは、精神を自然と安定させる作用があると聞き、これを一年前から朝晩の習慣にした。実際、熱帯魚をこうやって毎日見ていると、愛着も湧いてきて不思議と落ちつく。コーヒーを飲み終わり、バッグを手にした時、テーブルの上の電話が鳴った。俺はバッグを手にそこまで移動し、立ったままコードレスの受話器を五回コールで取った。

「はい」

「由美子です。もういないかと思った」

「あと一分遅かったら、留守番電話だったよ」

「まぁ、よかったわ。留守番電話はもう聞き飽きたもの」

俺はその言葉に軽く笑った。彼女は続けた。

「あなたってば、ほんとにのんきね。人の気も知らないで……二週間も連絡くれないし」

「悪かったね、都合がつかなくて」

「許す代わりに、今夜会って！」

「何か、おっかないね。会わないとどうなる?」

「とりあえず待ってるから、九時にいつものところで……」

そう由美子は告げると、一方的に電話を切った。ツーという音がやけに耳についた。俺は受話器を置くと、クーラーをOFFにして部屋を出た。由美子とは知り合って、ちょうど一年くらいになる。大人の関係……とでも言おうか、合理的な感情抜きの間柄である。

今夜は別に取り立てて用事はないが、都合次第にしよう、そう思いながら、パンと牛乳の軽い朝食をすませた。そして、五階のフロアーからエレベーターで地下の駐車場へ降りると、薄暗い中、紺色に光る愛車が見えた。アウディ２０００だ。俺はいつものように愛車で会社へ向かった。

2

大通りに面した十階建ての雑居ビルの一階に店はある。

「店長、おはようございます」

俺が出勤すると、男性社員の一人がそう声をかけ、近寄ってきた。その周りのあと一人の男性社員と女性社員の五人も、朝の挨拶をそれぞれ口にした。

「おはようございます」

俺は、笑顔でそう返した。その男性社員の名前は三好健太郎、年齢は二十六歳。大学卒業後に入社し、ずっと現在の店勤務である。であるから、店の業務については俺よりもくわしいぐらいで、頼りにしている。俺は三十一歳、彼より六歳年上だ。三好は待ちかまえていたように話し始めた。

「ついさっき、本社企画部の本田部長から電話がありまして……」

「こんな早い時間からか？」

「そうなんです。それで、なんでも新しい企画を店長に任せたいとかで至急電話を欲しいとか……」

「わかりました」

「それで……その関係者と思われる方がすでにあちらでお待ちなんです……」

と、その社員は接客用の応接セットの一つを指さした。そこには、面識のない三十歳前後の、俺と同年代くらいのビジネスマンと、ショートの髪の活発そうな女性が礼儀正しく並んで掛けていた。

俺と目が合うと、その二人は軽く会釈した。何も聞いていない。まったく、本社は段取りが悪い。俺はその社員に、もうしばらく関係者の方に待ってもらうよう告げさせて、デスクに着き、まず本社に電話を入れた。

本田部長はかつての直属の上司である。俺は二年前に本社から店に配属されたのだ。ほどなく女性電話交換手の柔らかな口調が聞こえた。

「はい、Jトラベル社でございます」

「本店の麻生です」

「ごくろうさまです」

「企画の本田部長を……」

「はい、しばらくお待ちください」

しばらく保留音が流れ、聞き慣れた本田部長の軽い調子の声がした。

「あー、早くからすまんねえ、麻生君」

「いえ、突発的な仕事はこちらに来てから大分慣れましたよ」

俺は、わざと丁寧にそう言った。

「まぁ、そう、カリカリせんと……また頼むよ。あいにくみんな手一杯でなー。企画部の内容をよく知っている君にお願いするのが一番早いんでね」

そりゃあ、そっちの都合ではそうだろう……俺は感情を抑えて言った。

「それはわかりますが、もう関係者の方がお見えなんです」

「早いね、今度初めてうちと組むイベント会社の担当者だ。信用調査はすんでいる」

「どんな企画ですか？」

「冬の東北方面のツアーの企画だ。例によって、話も内容も一切決まっとらん。予算は追って連絡する、一カ月で完了してくれ」

「なかなかきついですね。これでも店は結構忙しいんですよ」

「君だから頼むんだよ、大きい声では言えんが一カ月でこの企画ができるような優秀な人材がいなくてね……助けると思って」

「わかりました。しかし、この仕事は僕の守備外ですから、ここはひとつ頼みごとでも聞いてもらえますか？」

「ああ、もちろんだよ。しかし、君が頼みごとなんてめずらしいね」

「そうですかね？　それじゃあ、担当の方をあまりお待たせしてもいけませんので、後でゆっくり電話を入れます」

「ああ、今日は一日中、社にいるから……。そうそう、一年後に、君は会社始まって以来の一番若い重役になる、と本社では噂だぞ」

「おだてても、頼みは聞いてもらいますよ」

「ははは、わかっとるよ」

事態を把握し、俺は受話器を置いた。しかし、手っ取り早く段取りがついたものだ。俺は黒木貫志の会社の信用調査を、個人的に本田部長に頼むことにした。そして、イベント会社の担当者の待つ席の前に立った。

「どうもお待たせしました、麻生です」

「はじめまして、御社の本田部長から、こちらの麻生さんと三人で企画を進行するようにと言われて伺いました」

と男性の方が言い、連れの女性は終始営業スマイルを保っていた。俺を含めた三人は名刺交換を行い着席した。男性ビジネスマンは「プランニングディレクター・山路利和」、女性の方は「プランニングアシスタント・井上さやか」と名刺に書かれてあった。俺は本題に入った。

「早速ですが、本田からはどの程度の説明がありましたか？」

山路がそれに答えた。

「一応、今年の冬の東北方面のツアーの企画からパンフレットの構成まで、ご依頼いただきました。後は、本田部長の方は通さずすべて麻生さんの指示で動いてくださいと聞いています」

「わかりました。では、詳しくご説明しましょう……」

俺は詳細を説明し、段取りを大まかに設定した。井上さやかは、その傍らで大きなバインダーを広げ一生懸命にメモを取っていた。これからは山路の指示で、ここに足を運ぶのは井上さやかの担当だと山路は告げた。

急ぎの仕事なので、早速明日にプランをいくつか持って伺うからと、二人は帰って行った。俺は自分の一番奥のデスクに戻った。正面の時計は開店十分前を示していた。席に着くと女性社員がコーヒーを運んでくれた。

「ありがとう、ユリちゃん」

ユリちゃんは、この店にとってムードメーカーの役目をしてくれる小柄のぽっちゃりした可愛い子で、彼女に惚れている奴は結構多いようだ。

「さっきの女性は、なんか私と違ってカッコイイですね。少しあこがれてしまう」

「仕事はできそうな感じだね」

「店長は、ああいう人がタイプですか？」

「うーん、難しいね。女性としたらもう少し女らしい人がいいかな」

「ひょっとして、誰かモデルがいるんですか？」

この子は本当に勘がいい。

「どうかな……」

「店長の好きになる女性って、一体どんな人なんだろう？」

「さー、でもやっぱり女の人だろうね」

彼女は、その言葉に笑ってその場を離れた。男性社員が店のシャッターを開けた。めいめいがそれぞれの準備を始めた。今日も、また一日が始まった。

そして、ようやく日が沈んだ頃、俺はシャッターの閉まった店内で一人、残った仕事を片づけていた。今日はこれといった予定は入らなかった。一方的に取りつけられた由美子との約束だけである。

仕事もそろそろ一段落つく。俺は正面の壁の時計に目をやった。九時には充分まに合う。俺は、由美子と会うことにした。切りのいいところで仕事を止め、店を後にし、車に乗りこんだ。由美子との約束の店に向かって車を走らせながら、ふと、葉子のことを考えていた。

今頃、彼女はまだ仕事なのだろうか？　それとも、誰かと食事でもしているのか？　黒木貫志と彼女が食事している場面を思い浮かべて、柄にもなく自分の想像に嫉妬した。

そんな自分がやけに陳腐に思えて、信号の変わりかけた広い交差点を、カウンターをあてて右折した。タイヤが派手に鳴いた。次の交差点の左手に由美子との待ち合わせに使うホテルがある。そのホテルの一階喫茶室で由美子は待っている。俺はウインカーを点滅させて地下の駐車場に降りた。

ホテルの中は賑やかだった。何かの催しが終わったところなのか、ロビー周辺に人が多かった。人をうまくよけながら喫茶室に入ると、笑顔で手を挙げた由美子がすぐに目についた。彼女はいつも派手に着飾るので目立つのだ。俺はその席まで歩いた。

「翔吾、ごめんなさい。急に呼び出して……」

席の前に立った俺に向かって、由美子は言った。俺はテーブルの上の伝票を手に取って言った。

「いや……食事は?」

「まだ」

「ここの上でいいかな?」

「お任せするわ」

「じゃあ、行こう」

俺は先にキャッシャーまで歩き、勘定をすませた。俺たちはエレベーターで、最上階のスカイレストランまで上がった。レストランは思ったより空いていて、すぐにテーブルに案内してくれた。その席は窓際の真ん中ぐらいの席で、都心の夜景が一望できた。ぐるりのテーブルにもカップルが多かった。ウエイターが注文を取って下がると、由美子は落ちついた様子で語りかけた。

「嬉しいわ」

「……何が?」

「その、ネクタイして来てくれるなんて」

「ああ、これ……」

今朝、由美子から電話のある前に選んだ、赤っぽい少し派手めのタイを指さして由美子は言った。まったく、偶然である。そう言われると、このタイは数カ月前の俺の誕生日に由美子がくれたものだった。

ネクタイはほとんどが頂きものなので、いちいち覚えていないというのが正直なところである。俺は話を変えた。

「ところで、急に呼び出すなんて君らしくないね。何か重大なこと?」

「怒ってるでしょ?」

由美子は俺の顔色を窺って、少し上目遣いにそう聞いた。

「あまり好きじゃないね、ああゆうふうな誘われ方は……」

「ごめんなさい……翔吾がそう言うのはわかってたの」

「いつも通り、もっとスマートに行きましょう。今度からは、たぶん来ないよ」

「ええ、そうね。これっきりにするわ」

由美子は、俺から眼をそらせ、少し憂いを含んだ表情でそう言った。ウエイターがシルバーのセットを運んできた。二人の間に沈黙が流れた。シルバーのカチャカチャいう音がやたら耳についた。ウエイターが下がると俺はできるだけ柔らかい口調で由美子に言った。

「話を聞こう」

「ええ、でも、食事をしてからゆっくりとお話しするわ……。上にお部屋を取ってあるの……」

由美子は、微笑みの中に何か諦めのようなものを含ませながらそう答えた。今夜の夜景は、ぼんやりと淀んでいた。


俺と由美子は、十一階のこのホテルの客室にいた。部屋に入ると、俺はフロントに電話して飲みもののルームサービスを取り、上着を脱ぎ、タイをゆるめて、シャツのボタンをひとつ外し、リラックスした。

今、その格好でベッドの端に深く腰を降ろし、正面に見える窓越しのネオンを眺めながら、バーボンを由美子と傾けていた。由美子は、部屋に入ってきた時と同じ濃いピンク色のワンピース姿で、窓と俺の間の椅子に掛けていた。由美子が不意に話し始めた。

「私、昨日あなたを見たの……」

「いつ?」

俺は、由美子の目を見た。

「夜の……十一時前頃だったかしら?」

葉子と食事していた時刻だ。俺は言った。

「バーにいたよ」

「そう、私もそこで友達と飲んでたの。あなたは、女性と一緒だった」

「……それで?」

由美子は、少し間を置いてから続けた。

「いつか、翔吾が話していた片思いしている女性って……あの人じゃないの?」

「なぜ、そう思う?」

「私は、食事しながら、あなたのことが気になってチラチラ見てたんだけど、翔吾の方はぜんぜん気づいてくれなかったわ」

「……」

まったく知らなかった。俺は、返す言葉を思いつかず、代わりにバーボンをひと口飲んだ。由美子は続けた。

「三〇分くらいいたかしら？　声をかけてから帰ろうと思ったけど止めたの」

「かけてくれれば、紹介したよ」

「あなたらしいわ……でも、二人の間に割りこむ勇気はとてもなかったわ……。とても真剣な……熱い眼をしてたわ」

「……」

「あんな顔のあなた、見たことないわ……好きなんでしょ？」

「……ああ」

「じゃあ、片思いでなくなったわけね」

「いや、依然変わらないよ。情けない話だけど……」

「あなたが？」

彼女は、顔にかかった前髪をかき上げながら、信じられないというような表情をした。

由美子は少し間を置いて、さらに言葉を続けた。

「奇麗な人よね。だけど……芯の強そうな、それでいて品のある感じ」

「すごい観察力だね」

「私とは正反対のタイプだから……」

そう言って、由美子はグラスに三分の一ほどあったバーボンを一気に飲み干した。

「おいおい、悪酔いするよ」

俺がそう言った次の瞬間、俺は由美子に押し倒された。彼女は、ベッドに倒れた俺の胸の上に自分の身体を重ねて、精一杯叫んだ。

「悔しいわ！　どうして彼女なの？　私はあなたがずっと好きだったのに……」

由美子の初めての告白だった。

俺は言葉を失ったまま、彼女の下敷きでいた。彼女は言った。

「抱いて……」

俺の両肩を掴んでいる彼女の手に力がこもった。俺は彼女を抱擁することもなく、天井を見つめたままで言った。

「ごめん、気づかなくて……もうこれまでにしよう」

「いやよ！　絶対にいや！」

由美子は理性を完全に失っていた。こんなに取り乱した彼女を見たのは、これが初めてだった。俺は言った。

「気持ちを聞いてしまった以上、これから先は泥沼だ。悪いが俺は何もしてやれない」

俺は、力の入った由美子の両肩を掴んで強引にベッドの縁に座らせた。由美子は俺の両手を強引に振り払って叫んだ。

「翔吾の鈍感！　バカー!!」

彼女は目からボロボロと涙を流しながら、スケこましだの、冷凍人間だの、ありとあらゆる言葉で俺を罵倒しまくった。さすがの俺もなす術もなく、彼女の気持ちが治まるまで待つしかないと、隣で頭を抱えてじっと座って聞いていた。何もしてやれない不甲斐なさを反省しながら……。

いつのまにか彼女の声がやんでいた。少しばかりの沈黙の後、幾らか、彼女は落ちつきを取り戻したように見えた。そして、ゆっくりと力なく言った。

「……ごめんなさい。気がすんだわ」

「俺の方こそ悪かったね……」

俺は、できるだけ優しい口調でそう言った。由美子は穏やかに言った。

「多分、初めて会った時から、あなたが好きだったの……」

「ええっ？　強い人だね、君は」

「いいえ、素直になれないだけよ」

「それは損だよ、愛されないよ」

「あなたにお説教されるとは思わなかった」

彼女は、小さく切な気に微笑んだ。

「君は俺と会う時、そんな素振りも見せなかった」

「見せてしまうと、翔吾が離れていく気がしてたから……」

「そんなことはわからなかったさ……」

「もう遅いの？」

由美子はすがるような目をして、俺を見つめた。しかし、今、俺の心の中に君臨しているのは、葉子ただ一人だった。

「少し遅かったようだよ……」

「どうやら、タイミングを逃したみたいね」

俺は返す言葉がなかった。黙ったままでいると、由美子が再び話し出した。

「一つ、忠告してあげるわ」

「えっ？」

「あなたにはね、母性本能をくすぐる、何か不思議なものがあるのよね……」

「ふーん」

「憎めない子供のような……それでいて、ずーっと大人で紳士的で……だから、気のない女とは視線を合わせないで話した方が賢明よ」

「まさか、そんな失礼なことできませんよ」

「罪な男ね……」

俺はベッドから降りた。そして、シャツのボタンを止め、タイを締め直した。彼女はその場から動こうとしなかった。俺はハンガーラックまで歩き、掛けてある上着に腕を通した。この場にこれ以上留まることは、俺の良心が許さなかった。彼女は俺の方に座ったまま、身体をねじって言った。

「もう、行ってしまうの？」

「最後まで悪者にはなりたくないよ」

俺は、バッグを手にした。そして、その場から由美子の眼を見つめて言った。

「幸せになってください」

「……重ね重ね、罪な奴」

と、由美子は洋画に出てくる女優のように首を横に何度か振った。

俺はうっすら微笑みを残して彼女に背を向けた。短いドアまでの距離を歩き、部屋を出た。背中で、ドアのゆっくり閉まる音が寂しげに聞こえた。

俺は、人気のない静かな廊下をエレベーターまで歩いた。地下の駐車場まで降りると、停車している白いベンツが目についた。ナンバープレートの数字が奴のものとは違っていた。俺はベンツを横目に自分の車に乗りこんだ。キーを差しこみ始動させると、地下の駐車場いっぱいにエンジン音がこだました。俺は、アクセルを静かに踏みこみながら思った。

これで終わる男と女の関係の空しさを……。

3

三日後、本田部長から黒木貫志の会社の信用調査報告書が届いたと電話があり、俺は本社に出向いた。本社と店との距離は歩いても十分とかからないほど近い。

店に配属されてからも、今回のように本社で持て余した仕事を依頼され出向くため、幾度となく足を運ぶので違和感はない。俺は店の暇な、一番日の高い時間帯に店を出て歩いた。

膨大な交通量、けたたましいクラクションの音、都会のコンクリートに降り注ぐ太陽放射の照り返しで少し先のビルが揺らいで見える。暑い。雑踏を離れ、葉子と過ごしたあの日が、まるで夢であったような感覚を覚える。

本社の前に着いた時には俺の身体は汗だくだった。飛びこむように本社のビルの中に入ると、効き過ぎのクーラーが心地よかった。俺はハンカチで額の汗を拭った。

「麻生さん！」

よく知った受付の女の子に声をかけられた。俺は、声を出す代わりに額を拭っているのと別の手を軽く挙げ、受付まで歩いた。

「外は最高に暑いよ」

「すごい、汗」

「だろ？　溶けそうだよ」

「そんなにごっつい身体じゃ無理ですよ」

そう言いながら、彼女は俺の胸を人差指で突っついた。

「そうかな。ところで、もう一人の女の子は？」

「ああ、昼食です」

「そうか、じゃあ忙しいね」

「ぜーんぜん、この時間帯は暇なんです。麻生さんが来てくれて嬉しいなァ」

彼女は上目遣いに俺を見た。

「僕は、企画の本田部長を呼んでくれると嬉しいなァ」

わざと彼女の口調を真似て言った。

「もう！　社員の人は、ご自分で上に上がってください」

彼女は頬っぺたを膨らませた。

「頼むよ、上に行くといろいろ面倒だから」

「女でしょ？」

「違うよ、あちこちから用事を言いつけられそうだから……」

「それじゃ、今晩食事ごちそうしてください」

「残念だ、今夜は予定がある。とりあえず部長を呼んでくれたら、また今度考えるよ」

彼女は、ふくれっ面をしながら渋々受話器を取り本田部長を一階フロアーまで呼び出した。俺は、本田部長が早く降りて来てくれないかと思いながら、彼女の話を半ば上の空で聞いていた。ほどなく、本田部長が書類を抱えて降りて来てくれた。


「よう、麻生君、元気そうだね」

俺は、本田部長の方に向きを変えた。彼女はすねて見えた。

「元気だけが取り柄ですよ」

「いや、君に朝電話して切った瞬間、周りの女の子がパタパタと化粧室に消えていったよ」

「偶然ですよ」

「俺もそんなにモテてみたいもんだよ」

部長はそう言いながら、豪快に笑った。そして、俺を地下の喫茶店に誘った。受付の彼女は部長もはばからず、歩き出そうとする俺に小声で言った。

「いつ電話くれます?」

俺は、数歩歩いてから振り向かず片手を挙げて返事に代えた。聞こえていたらしく、俺は部長に一発小突かれた。部長は言った。

「お前もいい年なんだから、そろそろ腰を落ちつけんとな」

俺はその言葉に、父親のような温か味を感じた。

俺が小さい頃に両親は別居し、母親方に育てられた。その後、父は忙しい人で滅多に会えず、父親の愛情を俺はあまり知らない。ついに、両親が離婚したのは俺が高校生の頃だった。しかし、俺は父親がとても好きだった。もう一体、何年会っていないだろう? 家族は三人だが、今では皆バラバラに住んでいる。母はその後、一年あまりで再婚し、それ以来、俺は一人暮らしを始めた。母は気は強いが、女らしく優しい人だ。母からは再三電話があるので、近況は大体わかるが……。

俺は本社を出て歩いて店に戻ると、本田部長から受け取った黒木貫志の会社に関する調書に目を通した。

会社設立、昭和五十五年。俺の両親が離婚した年だ。代表取締役社長、黒木貫志。専務取締役、梶村進、以下役員十二名／従業員数、四十八名／許可免許、宅地建物取引業（知事免許）・建設業許可（建設大臣許可）・一級建築士事務所（知事登録）／営業種目、不動産業全般・土木・建築・設備・設計・リゾート開発。／資本金一、〇〇〇万円……以下、これといった注意事項は記載されていない。

次のページをめくると、本田部長直筆で黒木個人に関するデータが記されてあった。俺は部長に感謝した。出身地、宮城県仙台市……／旧姓、麻生貫志……麻生？　まさか？

俺は両親が離婚した後も、学生であったためそのまま父方の姓を名乗った。

あまり記憶にはないが、両親が別居するまで、俺は同じ東北の山形で育った。それ以降は、母の実家のあるここで暮らしている。父は六人兄弟の長男である。二〜三度しか、連れて行ってもらったことはないが、確か仙台市内に親戚があった。

さらに読み進めるとその後に、本田部長からのメッセージが入っていた。

『麻生君、君がなんの目的でこのことを調べようと思ったのかは知らないが、黒木貫志は君の父上の一番末のご兄弟だ。彼は婿養子に行かれている。そして、このことは君には告げないでいようと思ったが、話しておいた方がよいと思うので書いておきます。
かつて、君の父上が仙台で事業をなさっていた時、私は君の父上の部下でありました。お父様は、君と同じで責任感の強い立派な方でした。残念ながら会社が倒産した時も一番に従業員のことを考えられ、私もこの会社に入社させていただいたのです。そして、これはまったくの偶然でしたが、七年前、君がこの会社に入社してきたのです。本当に驚きました。お顔がそっくりだったのですぐにわかりました。このことは、君の父上にだけ申し上げてあります。大変喜んでおられ、ひとり息子を頼むとおっしゃっていました。なお、黒木は私の大学の後輩で顔見知りでした。今では交流はありません。最後に、君の叔父さんで恐縮だが、彼には気をつけた方がいい。彼について聞く噂はろくでもない。君には驚くことばかりだったと思う。何があったかは知らないができるだけ協力しよう。本田』
しばし、俺はこの予想もしなかった事実に、あ然とした。何から手をつけてよいのやら……頭の中がパニックになった。ただ、自分があまりにも無知であったこと、自分の気づかぬところでいろいろな人が俺を支えていてくれたことを知り、感動したり、今まで俺は独りよがりで自分の力を過信していたという事実に、自分で自分を戒めたりした。
しかし、一体これはなんの因果なのか？　運命は俺に何を語りかけているのか？　何を悟らせ、何をさせたいのか？　ただ、得体の知れない大きな波のような存在を、俺はしっかりと感じ取った。そして思った。逃げる気はさらさらない、ぶち当たるまでだ。そして、乗り越えた後には……必ず自分があこがれ、望んでいた、素晴らしいものがある……と。そんな気がした。

「……長、店長！」

俺は、女の声で我に戻った。

「ユリちゃん……」

「もう！　〝ユリちゃん〟じゃあないですよ、さっきから呼んでいるのに。どうかしました？　〝心ここにあらず〟って顔してましたよ」

「ごめん！　ちょっと考えごとしてた」

「何か、深刻そうでしたね……」

彼女は、俺の目を覗きこむリアクションをした。

「……大したことないよ。で、何か用だった？」

俺はそう言いながら、周りの様子を伺った。接客中の部下が二人、他はデスクに向かっている……！

「企画のお仕事の井上さんがお見えです」

ユリちゃんが言葉を発すると同時に、俺は応接椅子に掛けている彼女を確認した。

「はい、わかりました」

俺はそうユリちゃんに答えると、デスクの上に置いてあった、先日、井上さやかが持参した東北ツアーの企画の考案書類を手にし、井上さやかの向かいの椅子に掛けた。俺は言った。

「どうも、たびたびご苦労様です」

「いえ、いつもお忙しそうですね」

井上さやかは、聡明そうな笑みを浮かべそう言った。

「そうでもありませんよ」

俺は、当たり障りなくそう返しながら、今回の願ってもないような東北ツアーの企画を担当できたことを利用して、黒木貫志……いや、麻生貫志のことを深く調べようと思っていた。

「それで、その企画はいかがでしたか？」

俺の手にしている書類に目を落とし、彼女はそう切り出した。俺は、その書類を机の上に並べて言った。

「ええ、見せていただきました。まぁ、こんなもんでしょう。冬の東北といえば、スキーがメインで、あとは温泉ですからね」

「そうです。それで、それプラス遊びと観光を少し加えてみたのです」

「これによると十パターンのコースがありますね」

「はい、例として挙げてみましたが……」

「しかし、正直申し上げて、これでは弱いですね。時間が限られていてパターンを増やすのは容易ではないですが……」

淡々と話す俺に対して、彼女は不服そうな顔を隠し切れない表情で言った。

「と、申されますと……？」

「パターンとしてコースを提案するのは三つくらいにして、あとは交通も、ホテルも、コースもすべてチョイスできる形にして欲しいのです」

彼女の表情が一瞬にして和らいだ。

「はぁ、なるほど……そうすれば短期間で充実したカタログができますね」

「では、そういうことで進めましょう」

「はい、それでその三パターンはこの書類の中からお気に召したものはありますか?」

俺は、その十パターンのうちから自分が生まれ三歳まで育った山形と、奴がかつて暮らしていた仙台の入っているコースを含め三つを指定した。彼女は言った。

「麻生さんも視察されますか?」

「是非、同行しましょう。視察には山路さんが?」

「あいにく山路は身動きが取れない状態ですので私が……あと、時間があまりないので写真はストックをかなり利用しようと思っていますが、一応景色は新しいものを少し入れたいので、カメラマンが一人同行します」

「わかりました」

「麻生さんのご都合はいかがですか?」

「そうですね……明後日から三日間の予定ではどうですか?」

「結構です」

「ではそういうことで……時間は朝の八時発の飛行機をこちらで押さえておきます」

「それでは明後日、七時三〇分に空港の正面ゲートの前におりますわ」

「わかりました」

俺はそう短く答え、その書類を再び彼女に手渡した。彼女はそれを受け取って、俺の目を見つめ語調をスローにして言った。

「麻生さんは魅力的な方ですね。頭の回転が速いし……」

「いや、慣れているだけですよ」

俺は笑った。

「そう、その笑い方！　それが何より素敵です」

「はぁ、そうですか?」

「ホッと息を抜いた時に、まるで少年のように笑われるんです」

と、彼女は微笑んだ。

「たぶん、人が好きだからでしょうか?」

彼女はうなずいて言った。

「麻生さんとお仕事できて嬉しいです。では明後日、楽しみにしています」

「こちらこそ。いいカタログにしてください」

「はい」

彼女は元気な笑顔を残して、さっそうと店を出ていった。俺が自分のデスクに戻ろうとしてカウンターの前を通った時、ちょうど接客の終わった、俺より四歳下の男性社員が、カウンター越しに俺の耳元で囁いた。加藤君だ。彼は転職してきてまだ入社一年ほどなので、三好君より二歳年上だが、仕事上では彼の方が後輩になる。

「口説かれました?」

その言葉に、俺は思わず笑って耳打ちし返した。

「彼女と明後日から三日間旅行だよ」

「えーっ! 僕が行きたい、彼女タイプです」

「うそ、出張だよ、仕事! 残念ながら二人っきりじゃないんだよ」

「じゃあ、彼女に僕が気に入ったってこと伝えといてもらえます?」

「おまえ、ユリちゃんに言うぞ」

「ユリちゃんは見こみなしです……店長にぞっこんみたいだから……。店長ばっかりずるいですよ」

「わかったよ、その代わり留守中、頼むよ」

「もちろんです」

周りの女の子が、男同士でヒソヒソいやらしいとわめいていた。

俺が一日の仕事を終え、一人で外食し、帰宅したのは、今日も十時近かった。すでに、ひっそりとしてしまったマンションの通路を歩くと、ただ自分の靴音だけが聞こえた。部屋の前までたどり着くと、さっきポケットに突っ込んだ車のキーケースを取り出し、その鍵の中から自宅の鍵を選んで部屋を開けた。

部屋を開けると真っ暗な中から、水槽の酸素を送る装置のポコポコという音が俺を迎えてくれた。俺は部屋へ上がり、まず明かりのスイッチを入れると、部屋が一瞬にして活気を取り戻した。

俺はいつものようにバッグとキーケースを水槽のある食卓に置き、それから腕時計を外し同じところに並べた。そしておなかを空かせた熱帯魚にエサをやり、食卓の椅子に掛けると、いつも通りコーヒーを手に、それを眺めながら一日の労を労った。

少しの間、今日、本田部長から受け取った書類に関する調書の内容を冷静に考えてみた。その後、ソファまで歩きテーブルの上の留守番電話の再生ボタンを押した。テープが巻き戻る間にロッカーまで移動し、スーツを脱ぎ始めた。一番目のテープの声が優しく響いた。

「翔吾、母さんです。元気にしていますか？　いつも帰りが遅いようなので、くれぐれも身体に気をつけてください。それと、たまには電話くださいね」

母からの電話は二週間に一度くらいある。この前から俺は忙しい日が続いたので、連絡しないまま三〜四回留守番電話に入っていた。母の声を聞くと不思議と安心する。母一人、子一人で三歳から高校二年まで育った俺は、まだどこかで、乳離れできていないのだろうか……?

次の録音までの間のピーッという音がして次の声が聞こえた。

「……由美子です。あなたが留守でよかったわ。声を聞くのはまだ辛いから……。でも翔吾に私を受け入れる気がないのを気づいてて、その関係を壊してしまったのは私の方だから……仕方ないわね。今日、あなたの部屋の鍵を郵送しておきました。翔吾の出張中、熱帯魚にエサをあげる役目は結構気に入ってたんだけどあきらめました。あなたのことだから、その相手には不自由しないわね……。もし偶然どこかで会ったら、惜しいことしたなと思わせて見せるわ。悔しいけど、翔吾に出会えて本当によかった。さよならは言いません。じゃあお元気で……」

「ピーッ」

由美子の声は穏やかだった。彼女はきっと、今度出会ったら素敵な女性になっているだろう。彼女は一年間で随分変わった。俺に出会って前向きになってくれた由美子を見ていると、罪悪感から逃れられる。俺はそう思いながら、Yシャツを脱いだ。三つ目に入っていた女性の声は、俺の胸を躍らせた。

「上野です。お忙しそうですね。別に急ぎの用はないので、またお電話します」

留守番電話は他に、無言で切ってあるのが二件入っていた。俺は反射的に壁時計に目をやった。十時を少し回っていた。先にシャワーをすませてから、母と葉子に電話しよう。そう思い、脱いだシャツと新しい下着を手にし、クーラーのスイッチをONにしてバスルームに行った。

バスルームの前の狭いスペースに上下二段の篭があり、下着を下の篭へ、Yシャツを上の篭へ、それぞれ放りこんだ。下の篭はコインランドリー用、上の篭はクリーニング店用である。由美子がそうしろ、と教えてくれた。俺はシャワーを浴びた。

バスから上がると、ほどよく部屋が冷えていた。俺は下着を着け、身体にバスタオルをまとい、コードレスの受話器を取って、ソファに深く腰を降ろした。まず、葉子のダイヤルをプッシュした。呼び出し音を二回聞いた。

「はい」

愛しい人の声が、そう短く答えた。

「麻生です。遅くにすいません」

「まあ！　今、自宅からですか？」

「さっき帰ってきたところです、留守番電話に入っていたので……」

「はい、別に急用じゃないんです。ただ、ご連絡がないので、少し気になって……」

そうだ。葉子とは、あのバーで食事をして以来、丸三日間音信不通であった。忘れていたわけでは決してない。その逆で、いろいろなことを思い過ぎて、どう彼女に接したらいいかわからずに、俺はすっかりタイミングを失っていた。

俺は言った。

「すいません、いろいろと忙しくて……。今日ちょうど電話しようと思ってました」

それは本当であった。しかし、彼女から電話がなければせずにいたかも知れない。

「お忙しいのに、邪魔してしまってごめんなさい」

「とんでもないです。ところで明日、会えませんか？」

「あっ、そう言えば、麻生さんのお店に、また社長の出張のチケットを受取りに、明後日伺います」

「あいにく、その日から三日間、俺は出張です」

「まあ、残念です」

「社長はどちらへ？」

「一泊予定で仙台まで」

仙台？　またしても偶然であった。まあ、会うことはないだろうが……。俺は言った。

「僕も仙台なんです。で、ホテルは？」

「メトロポリタンです」

「そうですか」

やはり違っていた。仕事でそんなに経費は使えない。俺と奴の身分の違いを改めて感じた。俺はささやくように言った。

「明日、会いたい」

「私も……。多分、八時には仕事が終わると思います」

「よかった。一つお願いがあるので、お宅にお邪魔していいですか？」

「何かしら？」

「実は厚かましいんですが、僕の出張中、熱帯魚を預かってほしいんです」

「まあ、そんなこと！　お安いご用です。じゃあ、九時頃に自宅で待っています」

「ありがとう。助かります。じゃあ、明日」

「はい、おやすみなさい」

「……ああ、おやすみ」

　彼女と話すと母と話すのと同じように安心する。取り立てて何がというわけではないが、心が通い合うような気がする。こんな思いを女性で感じたのは彼女が初めてだ。俺は、次に母親に電話を入れた。寝てしまったのか？　八回も呼び出し音が鳴った。もう一回コールで切ろうと思った時、母の声がした。

「もしもし？」

「かあさん、俺」

「まぁ！　翔吾。母さん嬉しいわ。めずらしいわね。翔吾から電話をくれるなんて」

「寝てた？」

「起きてたわよ」

　いかにも今まで寝ていたような声で、母はそう言った。それが母らしい。

「元気そうでホッとしたわ、早くいい人見つけて母さん安心させてちょうだい」

「いつも言うね。そして俺が、そんな人まだいないよ、って言うんだ。……でも、今回は少し違う」

そう俺が言うと、母の声が弾んだ。

「そう！　いい人ができたのね」

「いや、がっかりさせて悪いけど……まだそんな段階じゃないんだ」

「いずれにしても、いい傾向ね。頑張って早く母さんに紹介してちょうだい」

「そうだね……そうなるといいね」

「あなたらしくない……随分、弱気ね」

母は、そう不思議そうに尋ねた。俺は少し間を置いてから、本題を話し始めた。

「話は変わるけど、母さん……黒木貫志って知ってる？」

「えっ！」

俺が奴の名を口にすると同時に、母の動揺が伝わってきた。その短い驚きの声に、電話口に向こう側の母の顔が想像できた。何かある！　そう思った。言葉を失った母に、追いうちをかけるように俺は言った。

「そんなに驚くこと？」

母はすぐには答えなかったが、しばらくして母の少し怯えたように探る口調が、やっと耳に届いた。

「……翔吾、あなた……何を知ったの？」

俺は、母に自分の今知っている、本田部長から受け取った奴の会社に関する調書の内容と俺との関係、さらには父と本田部長の関係を、洗いざらい正直に話した。

母は言った。

「そう……本田さんがねぇ、懐かしい。でも、母さんはあまり知らないの……父さんが仕事のことは何も言わない人だったから」

「なんでもいいんだよ、おじさんに関するどんな些細なことでも……」

母は、思いついたように言った。

「ひょっとして、その翔吾の好きな人に関係あるの？」

「ああ、彼女はおじさんの秘書なんだ」

「まぁ！　なんということなの。なんのいたずらかしら！」

母の声のトーンが急に高くなった。母の様子でただごとでないことが、はっきりわかった。俺は確信したように言った。

「知ってるんだね」

母は一つ息をついてから、今度は落ちついて話し始めた。

「でも……私が知っていたところで、それはもう昔のことよ。……もうあれから、随分時が過ぎたわ。それに父さんと約束したの。翔吾には、話さないでいようって……」

「母さん、事態は変わったんだよ。それに、俺はもう大人だよ」

「それは、そうね。でも……」

「ん？」

「母さんは、あなたが不憫でならないのよ。子供の頃から辛い思いばかりさせてしまって。……でも、あなたはいつも負けなかった。父さんそっくりで……母さんの自慢だったのよ。それなのに、また……どうして、あなたばかり……」

母の話す内容は抽象的でどうにもわからない。俺の興味は最高潮に達した。どうしても母の口を割らなければ……そう思いながら俺はたとえ話を始めた。

「母さん……南極の海はね、一面厚い氷に閉ざされているんだろう？　それでね、その氷と氷の割れ目に誤って落っこちてしまった人間は、助かろうとして明るい方に向かって泳ぐんだ……」

「……」

「でも、それは間違いで、そこには厚い氷が張っているんだ」

「……？」

「氷の張った海中では、暗い方が地上への出口なんだよ。長い人生、時にはそんなことだってあるんじゃないかな」

母は俺がその話している間、終始無言だった。そして、母は言った。

「あなたは立派になったわねぇ……もう、母さんの手が届かないくらい。今のあなたになら話してもいいような気がするわ」

「きっと、悪いようにはしないさ」

母はひと呼吸おいて言った。

「父さんを苦しめ、父さんの会社を奪ったのは貫志さんよ」

まったく予想しなかったことではないが、母の口から事実を知らされると、やはり相当なショックを覚えた。

母は続けた。

「でも、父さんは決して貫志さんを恨まなかった。兄弟で憎み合うのは醜いと言って……

心のとても奇麗な人だから」

「わかるような気がするよ。俺は、父さんのことをあまり知らないけど、でも、ずっとそんな人だろうと信じていたから」

「そうよ、そして母さんにはわかるの。今でも翔吾と母さんのことを、誰よりも愛してくれているわ」

「じゃあ、俺が幼い頃に別居したのは、俺たちを守るため？」

「ええ、その通り。いろいろと恐い人が訪ねてきて、あなたが怯えたの。母さんも、まだ若くて半分ノイローゼのようになってしまった。それで、父さんは私とあなたを、私の実家に帰したのよ。でも、自分はどんなに辛くても毎月生活費を送ってくれたわ。お陰で母さんは、経済的には苦労せずにすんだのよ」

「そう、とても親父にはかなわないな」

「いいえ、今のあなたはお父さんそっくりよ。でも、危ないことだけはしないでね」

「わかってるよ。でも、どうして実の弟が兄貴の会社を？」

「それは……父さんは頑固で女には仕事のことはわからないって、母さんには話してくれなかった。でも、貫志さんは父さんを恨んでいたみたい。わけは知らないけど……」

そう母は言うと、続いて自分の知っていることをすべて語ってくれた。

俺が高校生の時自分たちが離婚したのは、母さんに憎からず思っている相手がいることを偶然に親父が知り、自分が身を引いたこと……。それ以来十年あまりの間、母は親父とも奴とも交流がないこと。従って、現在のことは何ひとつわからないと。そして、親父の仕事に関することは一切わからないこと……。そして、母さんは自分の推測を話した。それは、再婚相手は実は親父が近づけたのではないかと……。その理由の一つとして、俺が一人息子なので母に甘えて育ってはいけないと、早くに俺を母親から引き離したのではないかと……そう母は語った。

そして、母は最後に優しい口調で俺に尋ねた。

「葉子さんという方は、どんな方なのかしら?」

「うーん。ひと言で言うのは難しいけど……しっかりと自分を見つめる素敵な女性だよ。母さんに少し似ている……」

俺はそう答えた。母はとても喜んでいた。そして、電話を切る前に、「翔吾を信じている。葉子さんを大切に」そう俺に告げた。

俺は夜分に長電話したことを母に詫びて、受話器を置いた。その後、自分の身体がクーラーで冷えていることを知り、ガウンを素肌に羽織った。そして、ソファの横のベッドに仰向けに倒れこんだ。なぜだ！　なぜ、奴は親父の会社を買収する必要があったのか？　母は知らないと言っていた。兄弟の間で一体何があったというのか……？　山形に行ったら親父に会おう。俺はそう思った。十年来会っていない親父に……。

今では、かつて実家が行なっていた農業をしながらひっそりと暮らしているはずだ。俺が三歳の時に広い屋敷も処分したと聞いている。俺は、どんな屋敷だったかも記憶にない。しかし、今も親父はその近くに住んでいるはずだ。

母の実家のあるこちらに移ってから、母は布団の中でよくそこに住んでいた頃の話をしてくれた。その屋敷は先祖代々の屋敷で、平屋建てであり大きな庭があったのだと……そして秋になればその庭のもみじの木の紅葉が素晴らしく、春にはジンチョウゲの花が一面を彩ったそうだ。

屋敷のすぐ近くには、松尾芭蕉が『奥の細道』で詠んだ有名な「閑さや岩にしみ入る蝉の声」という句の発祥地である立石寺があると教えてくれた。また、その寺は「♪やまでらの、おしょさんは～♪」の童謡のお寺だそうだ。俺は記憶になくても、目を閉じれば実際に見た景色のように鮮明に浮かんできた。

俺は、母の添い寝する傍らで、その景色を頭に描きながら、いつのまにか眠りについたものだった。俺がその景色を実際に見たのは……いや、記憶力が伴ってから見たのは、小学校の低学年の頃だったと思う。母の話してくれた通りだった。俺には宿場街で売っているまんじゅうの味が、食べずしてわかったくらいだ。

母は、とてもこの街が好きで、ここにいた時が一番幸せだったのではないだろうか。その後、だいたい年に一度の割合で、俺は母に連れられて親父のところへ遊びにいった。その時、いつも父と山寺で遊んだ。缶蹴りしたり、キャッチボールしたり……そして、いろいろなことを教えてくれた。

俺は、優しい目をする親父がとても好きだった。しかし、両親の離婚の手続きで父を訪ねた高校生の時……それが親父と会った最後になった。一月の冬の寒い日だった。辺りは横殴りの吹雪だった。俺は父と二人で、また山寺に行った。

寺の長い石段を登ると、まゆげにまで雪が積もった。親父と並んで薬師如来に手を合わせ、賽銭箱に小銭を二人で投げこんだ。そして、帰りがけに親父は言った。

「もう、おまえは大人だ。父さんに会いに来てはいけない。今度おまえが父さんに会いに来る時は、一人前になったと自分で判断した時だ。いいな」

親父は俺にそう告げると、背を向けてさっさと歩き出した。俺は親父のでかい背中を見ながら、その時は親父を恨んだ。少し離れて親父の後を歩き始めると、降り積もった雪のきしむ音が、ただ聞こえた。

俺はその様子を思い浮かべながら、いつのまにか眠りについていた。

4

次の日の夜、俺はいつもより少し早目に仕事を終えると一旦自宅に帰った。スーツを脱いで、真っ白い無地のTシャツとジーンズに着替えた後、束の間の休息をソファで楽しんだ。それから、熱帯魚の入った水槽を抱え、バッグを手にして部屋を出た。そして、約束の時間にまに合うように葉子のマンションに向かって車を走らせた。

二人の自宅間の距離は車で三〇分ほどだろうか。葉子のマンションの前に着くと、その前の比較的広い道路に車を駐車した。彼女のマンションはレディースマンションで完全オートロックだ。俺は彼女からあらかじめ聞いてあった部屋番号を、マンション玄関脇のインターホンに入力した。ほどなく、彼女の声が聞こえた。

「はい」

「麻生です」

「はい、お待ちしていました、どうぞ」

かすかな音とともにロックが解除され、俺はドアを押して中へ入った。すぐ正面に対して横向きのエレベーターが見えた。俺はそのエレベーターを利用して上がり、葉子の部屋の前に立った。俺はいつになく緊張しながら、チャイムを鳴らした。すぐにインターホンから葉子の声が聞こえた。

「はーい」

「麻生です」

俺は少し腰を屈めて、それに向かってそう答えた。

俺は、腕時計を見た。予定の時間より一〇分早かった。ほどなくドアが開き、葉子の優しい顔がそこにあった。短い間にいろいろなことがあったので、顔を見るのは随分久しぶりのような気がした。顔を見ただけで心が安らいだ。

「どうぞ、上がってください」

葉子は、片手で部屋の方を示しながらそう言った。

「えっ、いいんですか?」

「ええ。……でも、誰にでもそう言うなんて思わないでくださいね」

と、葉子は少しはにかんだ。

「とんでもない、わかってますよ」

俺はそう答え、部屋へ上がった。葉子に誘導されて、俺は座り心地のよさそうな背の低いソファに掛けた。俺は水槽とバッグを、とりあえず前のガラステーブルに置いた。葉子は立ったまま、水槽の中で泳いでいる熱帯魚に目を落とした。

「まぁ、可愛い！　もっと大きなものなのかなって思っていました」

そう言いながら、葉子は二種類の熱帯魚の名前を尋ねた。それから、彼女は熱帯魚に関することをいろいろと質問しながら、いつしかその場に屈んで水槽の外側を人差指で突ついたりして、それに見入っていた。

俺は、知っている範囲でその質問に答えながら、葉子を眺めていた。その後、葉子は俺の方に目を向けていった。

「麻生さん、お食事は？」

「いえ、実はまだなんです。食いに行きましょうか」

「もし、よければ、昨日作ったカレーライスがたくさん残ってるんです。できたら、食べるのを少し手伝ってもらえませんか？」

「それはありがたい、じゃあ遠慮なく」

「お口に合えばいいんですけど……すぐ、用意しますね」

葉子はそう言い、キッチンの方へ移動した。俺の部屋と同じワンルームなので、ここからでもテレビ越しに彼女の後ろ姿が見える。

「葉子さん、ちょっとお願いしてもいいでしょうか?」

「なんでしょう?」

「すいませんが、先にコーヒーを一杯いただけませんか?」

「お安いご用です。じゃあ、食事の前にゆっくりコーヒータイムにしましょう。別に急ぐことは何もありませんから」

「わがまま言ってすいません」

「いいえ、麻生さんは食事の前にいつもコーヒーを?」

「そんなこともないんですが、基本的にコーヒーが好きなんです」

「へーぇ、じゃあ、昨日買ったばかりのブルーマウンテンを入れましょうね」

俺は、笑顔でうなずいた。そして、まず、テーブルの上に置いてあったリモコンでテレビの電源を入れ、チャンネルを一通り替えたのちニュース番組に固定した。今日はまだ、夕刊にも目を通していなかった。それから、熱帯魚たちを眺めながらソファに深く座り直した。

そうすると、俺の中で、今まで味わったことのないような、満たされた気分になった。コーヒーの香りが漂ってきた。テレビ越しの葉子の姿を目で追いながら、夢なら覚めないで欲しい、そう思った。

今の今まで、自分の家庭なんて想像したこともなかった。ただひたすらがむしゃらに走り続けてきただけだった。走り続けていく姿勢を変える気はないが、これも一緒に育んで行ければ……ふと、そんなことを考えていた。気づいてすぐにそれを書き消した。……甘い夢なんだと……。

「お待たせしました」

と、葉子がトレイに載せて、湯気の立った真っ白いカップソーサーに入ったコーヒーを二つ運んで来た。俺は、水槽をテーブルの隅に寄せてスペースを作った。そして、彼女と話しながらコーヒーを飲んだ。

俺はお代わりをねだった。俺が頑なに拒んできたものが、不思議と彼女の前では表現できた。食事した後も話は尽きず、俺はふざけたり、馬鹿なことを言ったりして、彼女の前では、まるで俺は子供だ。できることならこのまま、彼女の笑顔だけ見ていたい……。話が少し途切れた時、葉子は不意に憂いを含んだ顔をして、俺に問いかけた。

「麻生さん……」

「ん？」

「あなたはどうして、あれから私に付かず離れずでいるの……？」

彼女は、訴えるように俺を見た。

「それは……」

俺は、言葉を濁した。彼女はさらに言った。

「確かにあなたといると、このままでもとても楽しいし、落ちつくわ。でも……欲張りなのかしら？　もっと、もっと、って思ってしまうの」

俺は、彼女の言葉がとても嬉しかった。でも今は、それに答えるわけにはいかなかった。すぐにでも抱きしめたい衝動を抑えて、俺は言った。

「今は、まだ、このままがいい……でも、信じて欲しい、僕を」

「……」

葉子はわけがわからず黙っていた。俺は、戸惑った彼女の目を見つめながら言った。

「わがままで、ごめん……愛してる」

「私も……」

そして、彼女は続けた。

「わかった、もう何も聞かないわ。でも、私が必要になったら呼んでね。いつでもあなたのそばにいるから……」

「ありがとう。ずっと、そばにいてくれ……」

俺は葉子の目を熱く見つめてそう答えると、葉子を自分の座っているソファまで引き寄せた。俺の隣にもたれかかった葉子の肩を抱きながら、やらなければ！　そう誓った。

どのくらい優しい時が流れただろう？　いつまで話しても尽きることのない、他愛のない会話を楽しんだ。

それでも、俺は、名残惜しさを振り切って日付が変わるまでには部屋を出た。出張明けの夜、今日と同じくらいの時刻に訪れることを葉子に約束して……。

通りに出るとモワァっと蒸し暑かった。クーラーで心地よく冷えた部屋とは雲泥の差があった。今日は熱帯夜になりそうだ。

5

仙台空港へ着いたのは、朝の九時過ぎ頃だった。俺たち、井上さやかと同行のカメラマンである河田と名乗る、小柄で線の細い男と三人でタクシーに乗りこみ、仙台市内に向かった。市内に近づくにつれて道がこんできた。タクシーの運転手が、溜息混じりの穏やかな声で言った。

「この道路はいつもこむんですよ。空港から抜ける道はここしかないものですから」

「そうですか」

俺は、当たり障りなくそう答えた。しばらくして仙台駅の隣に聳え立つ、ホテルメトロポリタンが見えた。俺は言った。

「その辺りで止めてください」

「わかりました」

運転手は言い、左のウインカーを点滅させながら、渋滞している車をうまくよけて、ちょうどホテルの向かい側の路肩に停止した。俺が料金を支払っている間に、井上さやかは所要時間をメモに書き取っていた。俺たちはタクシーを降りると、朝食を取ることにして手近な喫茶店に入った。

この店はビルの二階にあり、階段を上がって入ると、店内は広いスペースが取ってありテーブルの間隔も広いので、くつろいだ気分になる。転勤前、本田部長が勤務していたという仙台支社の連中と、俺が出張で来た時に何度かここでお茶を飲んだことがある。仙台支社の連中はここを商談に使うと言っていた。

俺はここへ出張に来るたびに、ひょっとしたら偶然親父に会うかも知れないと淡い期待を胸に抱いたものだ。しかし、そんなことは一度もなかった。それでも、俺は親父の言いつけを守り、山形まで足を延ばしたことはなかった。今回、俺は親父に会いにいくつもりでいる。

十年ぶりの俺を見て、親父は喜んでくれるのだろうか？　それとも、まだ早いと叱られるのか？　胸は自ずと高鳴った。カメラマンの河田が、モーニングサービスのトーストを食べながら俺に尋ねた。

「麻生さんは、仙台詳しいんですか？」

「いいえ、詳しいことはないんですが、こちらに会社の支社がありまして、会社に引っ張り回されているんですよ。山形には三歳まで生まれ育ったそうなんですが……」

「はぁ、そうでしたか。どおりでフットワークが軽いと思いましたよ」

カメラマンの河田は、納得したようにうなずきながらそう言った。そして、井上さやかが笑顔で口を挟んだ。

「私は、あいにく仙台は初めてなんですが、河田さんもお仕事で何度か来られてますので今回の仕事は案外早くできるかも知れませんね」

その言葉に誰もが共感し、俺たちは仕事の段取りについて話し合った。その結果、今日は作並温泉と五五メートルもある滝で知られる秋保大滝、日本三景の一つである松島を回って仙台に戻り、指定するホテルで一泊し、二日目と三日目で山形へ入り、蔵王スキー場と最上川の舟下りツアーを視察し、そのまま山形空港を帰途にすることにした。

俺は会社の仙台支店に電話をし、帰りの航空チケットの手配を依頼し、今晩受け取りに行く約束をした。

仙台支店には、同期で入社して入社式の時、妙に気の合った、足立亭という男がいる。二人とも出張で行き来するため、二〜三カ月に一度くらいの割合で会っている。そのため、今では気の知れた友人の一人である。そいつがチケットを持って来てくれるというので、今夜、食事をする約束をした。今度も二カ月ぶりくらいだろうか。楽しみだ。

それから、しばらくして俺たち三人は店を出て予定したコースを熟していった。


仙台市内に戻ってきたのは、夕方の五時前だった。足立亭と約束した時間までには、たっぷりと時間があるので、皆と一緒に一旦ホテルに落ちつくことにした。ホテルの部屋には三人とも別々のシングルを三つ予約しておいた。仙台駅からその小さなビジネスホテルまでは、徒歩十分ほどだった。俺たちはチェックインをすませると各自の部屋へ入った。

部屋の印象はただ狭い、だった。俺の部屋の約半分ほどのスペースに、寝転ぶと足がはみ出そうなシングルベッド、そのサイドに幅の狭いドレッサー、どこにでもありそうなデスクとパイプ椅子が手狭に配置してあった。ソファなんて贅沢なものはない。また置く場所すらもない。俺はとりあえず、手にしていた小さなボストンバッグをデスクの上に置いた。

そして、ベッドに仰向けに横たわった。

この部屋はゆったりとくつろげそうもないが、小綺麗なのが救われる。ほどなく、隣の部屋からテレビの音が漏れて聞こえた。井上さやかの部屋だろう。壁も相当に薄いようだ。

俺は一服した後、シャワーを浴びた。バスから上がってバスローブを身にまとうと、ベッドスタンドの横の電話が鳴った。

「はい」

俺はベッドに腰掛け、反射的に受話器を取った。

「井上です」

井上さやかの甲高く、よく通る声がそう言った。

「今日はお疲れ様でした。女性にはさすがにきつかったと思います」

「いえ、この仕事を始めた当時は相当こたえたんですが、最近はもう慣れましたから」

井上さやかは、元気そうな口調でそう答えた。俺は言った。

「ところで、どうしました?」

彼女は、声のトーンを少し下げて、それに答えた。

「実は、今夜お食事でもどうかと思って……」

彼女の今日の様子から、なんとなく予感していたが、俺はわざと気づかぬ振りをしていた。そんな俺に業を煮やしていたに違いない。俺は、プライドの高い彼女を傷つけぬよう、神経を使って返事をした。

「光栄なんですが、あいにく今夜は先約がありまして……」

「まぁ、どなたと」

「同じ会社の仙台支社の友人と会うんですよ」

「……女性かしら?」

「とんでもない、ヤローですよ」

「そうですか……じゃあ仕方ないですね。お邪魔しても悪いし……」

「すいません。またいつか、機会がありましたら……」

「わかりました。その日を楽しみにしています」

「あっ、そうだ忘れてた。一つ頼まれていたことがあったんです」

「私に、ですか?」

「そうです。実は、まったく私用で恐縮なんですが……」

「何かしら?」

「僕の部下なんですが、あなたを是非食事に誘いたいと言っている男がいるんです。それで、考えてやってもらえませんか?」

「……まぁ、嬉しいわ。考えておきます」

「ありがとう、奴も喜びます。では、そういうことで……」

「はい、また明日……」

彼女は、少し落胆した様子で電話を切った。これで、彼女の方からプライベートで誘いを受けることは、まずないだろう……。今は葉子以外の女性と二人っきりで食事する気にはなれなかった。

それには、自分でも驚いている。まさか、女性が自分の中で、こんなに高い位置を占めるとは思ってもみなかったからだ。俺は受話器を置いて、テレビの電源を入れた。そうすると、また電話が鳴った。

「はい」

「フロントです。今、麻生様に木村様とおっしゃる方からお電話が入っております、おつなぎしましょうか？」

木村？　ああ、店のユリちゃんからだ。ふだん名字を呼ぶことがあまりないので、すぐにはピンと来なかった。ということは、店で何かトラブルだろうか？　俺はフロントに答えた。

「つないでください」

「かしこまりました」

すぐにユリちゃんの甘えたように話す口調が聞こえた。

「もしもし、店長？」

電話では一層可愛らしい声に聞こえる。

「やあ、ごくろうさま。麻生です」

「私、ホテルに電話掛けたことなんて初めてだから緊張しました」

俺は、電話口で微笑みながら話した。

「いい勉強になったね。それで、何か困ったことでも？」

「ええ、まぁ、困ったことじゃないんですけど……」

彼女は受話器の向こうで、何やらハッキリしないことを小さな声で言った。俺は聞き取れなかった。俺はテレビの電源を切った。

「ん？　ごめん。少し電話が遠いようだ」

「だから……店の用事じゃないんです。個人的にお電話しました」

「今、どこから？」

「本社に書類を届けたところで、本社のビルの一階の公衆電話です」

「長距離だから料金が嵩むよ、急ぐ?」

「別に急ぎませんけど……でも、今日中にお話ししたいんですけど」

「そう……。今から出かけるから、遅くなってよければかけ直すけど?」

「ワァ、嬉しい。じゃあ、自宅の番号を言いますね」

彼女はそう言い、番号を俺に告げた。俺はそれを電話の横のメモに取った。

「必ず電話くださいね。何時になっても待ってますから」

「でも、あまり遅くなったら家族の方にご迷惑だから……」

「いいんです。部屋に電話がありますから。だいたい、何時になりますか?」

「そうだね……。十二時までにはできると思うよ」

「わかりました、待ってます」

「店の方、頼んだよ」

「はい」

「じゃ、後で」

俺は電話を切った。とりあえず、トラブルでなくてホッとした。親父に会わずして帰るのだけはなんとしても避けたい心境だった。しかし、ユリちゃんが俺に今日中に話したいことって……？　俺はそのことをあれこれ考えながら出かける支度をすませ、シャツに綿パンの軽装でホテルを出た。

まだ、外は明るかった。ホテルを出て一つ目の信号を渡ると、商店街のメインストリートである。そこに入ると、会社帰りのサラリーマンやＯＬたちで賑やかだった。両脇にひしめくビルや商店に目をやりながら、俺は足早に歩いた。もう一つ信号を越えてしばらく進むと右折れし、等間隔で赤い大きな鳥居の並ぶ商店街に出る。俺はこの通りが気に入っている。

真ん中にはアーケードはなく空が仰げ、タイルの構成も洒落ていて、日本的な鳥居と対照的でなかなか面白い。その通りの真ん中辺りに、足立と待ち合わせたビルがある。俺はそのビルへ入りエスカレーターで三階へ上がった。上がったところで足立が待っているはずだ。

エスカレーターが三階に近づいたところで足立が見えた。奴は俺を認めて笑顔で手を挙げた。俺も自然に微笑んだ。エスカレーター付近まで足立が近寄ってきた。俺はエスカレーターを降りると足立に声をかけた。

「よう、久しぶり」

「ああ、元気そうだな。とりあえず、そこの居酒屋へ入るか?」

「おう、後でゆっくり話そう」

足立はうなずき、俺たちはこの階の居酒屋へ入った。まだ、時間が早いのか、店内は空いていた。俺たちはカウンターの一番奥の席へ案内された。ビールと適当なものを注文して二人はおしぼりで手を拭った。それから軽い世間話をして、仕事のこと、家族のこと等、語り合い、話が尽きることはなかった。

足立とは非常に馬が合う。俗にいう、類は友を呼ぶというやつである。生い立ちも似ているせいだろう、奴も片親で育った。しかし、俺と違い、足立には二つ下の妹がいる。今では結婚して一歳になる子供がいると聞いている。俺は、足立から妹の話を聞かされるたび、うらやましく思う。

ビールが四本目にかかった頃、足立は焼き魚をつつきながら、少しテレたような顔をしておもむろに言った。

「実はな、翔吾……。俺、結婚するよ」

「えーっ! おまえが?」

俺は、急にド肝を抜かれた。俺だけじゃない、足立をよく知っている奴なら誰だって驚くだろう。だって奴は、一般的に言う女ったらしで、他のところは認めるが、女にはやたらだらしない。俺と年に五～六回会うたびに、いつも違う女の話を聞かされたもんだ。そして、足立はいつも言っていた。

「俺は、結婚はしないよ。女は信用できない、所詮はうっぷんばらしみたいなもんだね」と……。

その足立が……。足立はさらに顔をくしゃくしゃにして話した。

「おまえも、やっぱり意外だろう？」

「びっくりさせんなよ」

「悪い、悪い。プレーボーイはもう止めた。彼女に出会って、女の見方が変わったんだ。素敵な人なんだ」

ここで、ぬけぬけとノロケ話をしてるのは、本当に足立なんだろうか？　俺は言った。

「ほんとに、おまえ変わったよ……。どんな女か見てみたいよ。紹介しろよ」

「翔吾に会わすと取られそうだから……式の時紹介するよ」

「結婚式まで、もう決まっているのか？　いつだよ」

「来年、早々」

「へーっ、やるもんだね。驚いて、お祝いも言っていなかったな。とりあえず、乾杯しよう」

俺は、ビールをグラス一杯に注ぎ足した。

「おめでとう！」

そう言って、俺は足立とグラスを合わせた。

足立は、「おう！」と短く答え、嬉しそうに俺の注いだビールを飲み干した。そんな足立を見ていると、なんだか自分のことのように嬉しく思った。

足立は言った。

「今日は酒がうまい！……ところで、翔吾はどうなんだ？　結婚したいような女は？」

「ああ、でもまだまだ先だよ」

「え、おまえもいたのか？　水臭いなぁ」

「まだ、三回しか会ってないし、つき合ってもいないからな」

「関係ないよ、俺だって知り合って三カ月でプロポーズしたぜ」

「その気持ちはなんとなくわかるよ」

「えっ、クールなお前が？」

「魅かれるんだよ……声を聞くたび、会うたび、どうしようもなく」

「へーっ、相当惚れたなっ？　成功を祈るよ」

「それが……」

俺は、足立から目線を外し、カウンターに目を落とした。

「何か、わけがありそうだな。俺じゃ役不足だろうけど、話してみろよ」

俺は、足立に話す気はなかったが、成りゆきで、葉子との出会いから黒木貫志のこと、さらには親父と黒木との関係、明日、明後日には親父に会って話を聞くつもりでいること等、洗いざらい話した。一通り熱心に聞いて足立は言った。

「よし、叔父さんのことはまかしておけ、俺が調べてやる。わかり次第、おまえの店に電話するよ。だから、ゆっくり親父さんに会って来い」

足立は、快くそう言ってくれた。ありがたかった。俺は礼を言い、足立に甘えることにした。本当はこの後、足立と別れてから、母に聞いた黒木の旧住所を訪ねてみようと思っていた。

俺は何気なく、腕時計に目を落とした。十一時を少し回っていた。

「あっ！　忘れるとこだった。電話を一本入れないといけないいんだ」

足立が尋ねた。

「彼女か?」

「いや、店の女の子なんだけど……今日中に話があるとか……」

「そりゃ、口説かれるぞ」

「まさか……」

「翔吾、相変わらずだな。おまえ、そういうとこには鈍いな。それが女にモテる秘訣なのかな? で、店の誰?」

「ユリちゃん」

「あの、一番可愛い子? もったいないねー。少し前の俺なら、おまえに振られたところを横取りしてたよ」

「おいおい、決めつけるなよ。まだ、そうだと決まったわけじゃないよ」

「甘いな。じゃあ、掛けてこいよ。ここを出たとこに公衆電話があるよ」

「いや、長距離だし、ホテルに戻ってからにするよ」

「それじゃあ、そろそろ帰るか。翔吾も明日早いだろ」

「そうだな。また、近いうちに会おうぜ」

俺たちはそう言って店を出た。勘定は、足立の婚約祝いということで俺が払った。別れ際に足立は言った。

「いろんなことがあるけど頑張ろうな、俺はいつでもおまえの味方だから、なんでも遠慮なく言って来いよ」と。

友情が身に沁みた。足立と別れて商店街を一人歩いた。もう、通りに人はまばらだった。商店街を抜けると、空は星が綺麗だった。まるで葉子と過ごしたあの夜のように……。

この仙台の空も葉子に見せたかった。葉子の喜ぶ顔が見たかった。いつか連れて来よう、そう思った。


俺は、ホテルに戻るとすぐに部屋から電話をした。呼び出し音が鳴ったか鳴らないか、というくらいの早さで相手が出た。

「もしもし？　店長？」

ユリちゃんのたどたどしい声がそう言った。

「ああ、遅くなったね、ごめん」

「ううん、約束の時間までにはまだあるもの。わがまま言ってごめんなさい」

「いやユリちゃんは俺にとって可愛い妹みたいな人だからね」

「妹ですか……」

ユリちゃんは明らかに不服そうに言った。やはり、足立の言ったことは当たっていたかも知れないな、と思った。俺は言葉を選んだ。

「ああ、そうだよ。ユリちゃんはいくつだっけ?」

「もう、二十一です!」

「なんだか恐いね」

俺はなだめるような言い方をした。

「そんなつもりじゃないんです、ごめんなさい。ただ、顔を見ると何も言えなくて、でも、店長の自宅や携帯に電話してもいつも留守番電話だし、今日やっと話せたのに、店長が冷たいから……」

彼女は、先を言いたそうだったが、俺はそこで話を遮った。

「そう? いつもこんなだよ。じゃあ、話題を変えよう。……今日は店は忙しかった?」

どんどん彼女のペースで、話を一方的にそっちへ持っていかれたそうだったので、苦し紛れに仕事へ話を転換した。彼女は言った。

「店ですか？　知りませんそんなの。今日は、店長に用事はないんです。用があるのは、麻生さんにです」

「はい」

俺は思わず返事した。彼女はさらに言った。

「今日は、私、覚悟してるんです。だから逃げないで、ちゃんと話を聞いて欲しいんです」

女は恐い、そう思った。男よりよっぽど、度胸がある。俺は諦めた。

「わかりました。麻生さんで聞きます。どうぞ」

「わかればいいんです。……今から話します」

「はい」

俺は、彼女に対して、はぐらかすのを止めた。ユリちゃんは機嫌よく、話し始めた。

「私、二年前に店長がこの店に来られてからずっと店長のことが好きだったんです」

どこかで聞いたことのある言葉だなと思うと、ユリちゃんの話す内容とは関係なく、自分がかつて葉子に対して言った言葉とダブって笑いそうになるのを、俺はぐっと堪えた。少し罪悪感を感じて気を引き締めた。そして、電話でよかったと思った。彼女は続けた。

「でも、今日までとうとう言えませんでした」

「よく言ったね、君は勇気あるよ。なぜ急に言おうと思った？」

「いろいろなんですけど……もしかしたら？　っていう期待と、どっちにしても言わないと先に進まないっていう気持ちとか……とにかく言うことに決めました」

「そうか、偉いね」

「もう、店長！　誉めてばっかりいないで、答えを聞かせてください」

俺は少し間を置いて、スローな口調で返事をし始めた。

「ユリちゃん、まず答えから言うよ」

「はい……」

彼女の声の調子から緊張が伝わってきた。俺は構わず同じ調子で続けた。

「気持ちはとても嬉しいけど、俺はそれに応えられない」

「……好きな人がいるんですか？」

声が少し震えているように聞こえた。

俺は、できるだけ優しい口調で言った。

「それもあるけど……もし、それがなかったとしても、ユリちゃんは俺にとって、可愛い部下であり、妹だから、それ以上には考えられない」

「どうしても……?」

「悪いけど……」

彼女の返事はなかった。俺は不安になって名前を呼んでみた。

「おーい。ユ、リ、ちゃん?」

「わかりました、仕方ないもん。諦めます。でも、みんなには内緒にしててくださいね」

ユリちゃんの言葉に、俺は少し拍子抜けした。と同時に本当の妹のように愛しく思った。

「ああ、もちろんだよ」

「それと……これからは、お兄ちゃんになってくださいね」

「いいよ、僕はひとりっ子だから、ユリちゃんみたいな可愛い妹ができて嬉しいよ」

「少し、辛いけど……」

「大丈夫! 店の三好だって、加藤だってユリちゃんに惚れてるから、すぐに忘れるよ」

「ふーん、そうなんですか……」

「僕が言ったってことは内緒だよ」

「はーい。……じゃあ、そろそろ切ります。これ以上おしゃべりすると、また変なこと言いそうになるから……」

「おやすみなさい」

「ああ、おやすみなさい」

ユリちゃんが受話器を置くのを確認してから、俺は電話を切った。またホテルを出て、今度は商店街と逆の方向の住宅街へ歩いた。夜も更にふけて、やや冷たくなった空気は、酔いざましにはちょうどよい具合だった。ぶらりぶらりと歩きながら、母に聞いた黒木の旧住所までたどり着いた。しかし、そこには民家などなかった。舗装がまだ真新しい駐車場となっていた。俺は仕方なしにまたホテルは戻り、そして思った。葉子の存在がなければ、たぶん、惚れていただろうなと……。俺はその後、身体のはみでる狭いベッドに横たわると、静かに眠りについた。


次の朝、ホテルの喫茶店で朝食をとった。井上さやかは、予想に反して機嫌がよかった。喫茶店を出てからその理由がわかった。カメラマンの河田が肩を並べて言った。

「モテますね、麻生さん」

「は？　ひょっとして聞こえてましたか？」

「はい……電話はすべて女でしょう？　うらやましいですよ」

「いやァ、恥ずかしいです」

俺は、片手で自分の髪を撫でた。昨日の井上さやかとの一件で、彼女が今日の仕事に響かせないか、少し心配だったので安心した。俺の部屋は真ん中なので、彼女もユリちゃんとの話を聞いていたに違いない。ホテルの壁が薄いのもたまには役に立つな、と井上さやかの後ろ姿を見ながら、つまらないことを考えた。

その日は予想外なことが多かった。あと二日かかるだろうと予測していた山形の視察が一日で終わってしまった。俺にとっては非常にラッキーだった。これで、忙しい合間をぬってではなく、ゆっくりと親父に会える。本当は今から会いに行こうと考えていたのだが、どうせなら、明日の朝、元気な顔で親父に会いたいと思った。

カメラマンの河田は、仕事が押しているからと、できれば山形空港から帰りたいと言い出し、プライドの高い井上さやかは、仕事が終わったのに俺と二人っきりでここに留まるとも言えず、しぶしぶ？　帰る方に同意した。

俺は、会社の仙台支店の足立に電話し最終便を二席押さえてもらい、今日の山形のホテルを二部屋と、明日の飛行機を二席のキャンセルを段取ってもらった。俺のみここに留まることになった。そして、二人は帰って行った。俺は空港で二人を見送った後、空港の搭乗口の脇の公衆電話から本田部長に電話を入れた。部長は快く喜んでくれた。そして、「本田がよろしくと言っていた。近いうちに一度お会いしたいと伝えてくれ」そう親父に伝えて欲しいと、俺に告げた。

空港で食事をすませてしまい、ホテルの部屋に腰を落ちつけると、親父に会えるというなんとも言えない嬉しさがこみ上げてきた。その晩、俺は子供の頃に戻っていた。その頃の親父と過ごした数えるほどしかない日々を回想し、まるで遠足の前の日のように、なかなか寝つけなかった。

俺は、朝、目覚めるとすぐ身支度を整え、先にチェックアウトをすませてから、ホテル内の喫茶室でバイキングの朝食を取り、通勤時間より少し早目に、仙山線に乗りこんだ。仙山線は、宮城—山形県の中央部を横断するJRの路線名称である。

親父に会えなくなった高校生のあの日までは、毎年一度くらい親父に会うため、母と一緒にこの列車に乗ったことを懐かしく思い出す。冬になれば、都会では考えられないだろうが、トレーニングウエアを着たスキーヤーが、スキー靴を履き、手にそのまま板とストックを持ち大勢でドカドカと乗りこんでくる。俺はその若者たちをとてもうらやましく思ったものだった。

いろいろなことを思い出しては懐かしがっているうちに、列車は山寺に到着した。ここから、親父の家まではゆっくり歩いても一五分くらいだ。俺は、最後に親父に会いにきた、あの寒い冬の吹雪いていた光景を思い出しながら、親父の家に向かって歩き出した。

歩いてすぐ大きな橋がある。名取川の下流である。のどかに流れる川のせせらぎが聞こえる。俺は、橋の中央部で立ち止まり川を眺めた。数人の釣り人が両岸で釣り糸を垂れていた。今からは想像できないほど、あの日は一面が雪で覆われていた。この橋の上も真っ白だった。

この川を挟んで両側に宿屋が数十軒、軒を連ねている。温泉は残念ながら出ないので、主に釣り人たちの民宿である。再び歩き出した。橋を渡り切ると右に折れる。そこは、宿場街である。先ほど裏から眺めていた民宿の表通りになり、道の両側に土産物屋、食堂等が並んでいる。

温泉街のような賑やかさはないが、こじんまりと温かい心地がする。この道を真っすぐ数百メートル歩いたところの左手に山寺がある。親父の家はその山寺の少し手前を左に曲がり、ほんの二百メートルくらい入った四戸一の平屋建ての借家だ。俺は一歩一歩踏みしめるように歩いた。左折する目印の、母の好きなまんじゅうを売っている店まで来た。帰りに母に買って帰ろうと思いながら左折すると、親父の家が見えた。

俺の胸はときめいた。やっと親父に会える。そう思うと、長かった親父との空白の十年間がまるで嘘のように思えた。俺は、親父の家の前で暫く立ち尽くして、このチャイムを鳴らすと出てくる親父の顔を想像した。そして、ようやくチャイムを押した。

しばらく待ったが返事がなかった。二回、三回と続けてチャイムを押してみた。が、中の物音すらも聞こえない。留守か？　そう思ってドアを引いてみたが、やはり鍵が掛かっていた。この時間帯には、畑からは戻っているはずでは……？　あいにく俺はその場所を知らなかった。暫くここで待ってみるか……そう思っている時、隣の住人の初老の女性が家から出てきた。俺はその女性に尋ねた。

「朝早くにすいません。ここの人は留守みたいなんですが……この時間は畑に行ってるんでしょうか？」

親父と同世代くらいの人のよさそうなその女性は、俺の質問に不思議そうな顔をしてこう言った。

「えっ？　ここは今は空き家ですよ……」

引っ越ししたのか？　肩の力が抜けてしまった。そりゃ無理もないな、十年も前のことだからな、と俺は少し落胆した。疑うことなく、ここに来れば親父に会えると思っていた自分が甘かったのだ。俺は気を取り直して、もう一度尋ねた。

「引っ越し先はご存知ありませんか？」

女性は、俺をまじまじと見て言った。

「翔吾さんね？」

「はい、そうです。翔吾です」

「まぁ、やっぱり。ご立派になられて……麻生さんからいつも聞いておりましたよ」

女性は首を上下させながら、意味あり気に俺を見つめた。そして、言った。

「そうだよね、知らないんだよね……」

その言葉は俺の中に不安をよぎらせた。まさか……と考えたが、すぐにそれをかき消して言った。

「何かあったんですか？」

女性は言いにくそうに一瞬口ごもったが、すぐに毅然として俺の目を真っすぐに見つめて言った。

「お亡くなりになられましたよ……半月ほど前に……」

亡くなった……？

女性の言ったその言葉は、俺の心に無情に響いた。俺の身体は、まるで金縛りにあったように硬直した。自分の耳を疑ったが、その女性はハッキリとそう言ったのだ。俺はあまりのショックに、何がなんだかわけがわからなくなり、その場に茫然と立ち尽くしたまま、言葉さえも失った。

そんなバカな！　そんなことがあるはずがない！

俺は心の中で何度も何度もそう繰り返した。その女性はさらに言葉を続けた。

「驚かれるのも無理はない、お察しします。立ち話もなんだし、預かりものもあるので……まぁ中にお入り。なぁに、一人暮らしだから遠慮はいらんよ、さぁ……」

そう言って、女性は俺の肩をポンポンと二度優しく叩いた。俺は、その女性に誘導されるまま、その女性の家に上がり、居間に腰を降ろした。俺は、動揺を隠しきれずにガックリと肩を落として、座布団の上に正座していた。女性はよく冷えた麦茶を出してくれたが、手をつける気になれず、その麦茶をただボーッと見つめた。

女性は奥の部屋から持ってきたものをちゃぶ台の上に、俺の方へ向けて並べた。それは、親父の位牌と葬式の写真、そして「翔吾へ」と表に書かれた手紙であった。

俺は、懐かしい親父の顔の入った写真を眺めた。親父の頭は白髪の方が勝っていた。厚みのあった頬は、すっかり痩せこけていた。しかし、紛れもなく父であった。やっと会えたと思ったら黙ったままの写真だった。写真の親父はまるで仏様のように尊く微笑んでいた。それがなんとも切なくて、胸が締めつけられる思いがした。

俺は、幾分落ちつきを取り戻し、やっと口を開いた。

「親父さんはね、心筋梗塞だったんだよ」

「心臓？」

「麻生さんは二年ほど前から、たびたび心臓発作を起こされていました。余命幾ばくもないことはお医者様から伺っていて、ご本人も私も知っていました。……でも、誰にも言わないで欲しいと……」

「なぜ？」

「皆が幸せに暮らしているところに水をさすからと言って。……それに、息子が会いに来るまでは死ねない、約束だから。とおっしゃってました。もう少し早ければ、お会いになれたのに……」

彼女はそう言って目頭を押さえた。俺は、自分を責めた。「なぜ、もう少し早く来なかったんだろう？　どうして、二年も前から苦しんでる親父のことを気づきもしなかったのか？」と。しかし、自分をいくら責めても後の祭りだった。親父とはもう二度と会うことはできないのだ。

俺は、身体の内からこみ上げてきた熱いものが目頭に伝わり、外へ流れ出しそうになるのを懸命に堪えた。彼女は、温かな眼差しで、ちゃぶ台に置いた手紙に手を添えて、俺に言った。

「これは、宏さんが亡くなる一ヵ月ほど前に私がお預かりした手紙です。『……息子の翔吾がいつか必ずここに来る、私はそれまで頑張るが……もし、万一のことがあったら、私の代わりに渡してやってください』、と」

俺は、その封筒を手に取った。そして、封を開けて手紙を取り出し広げた。そこには親父の男らしい力強い文字が縦書きで埋まっていた。俺は文章を刻みつけるように噛み締めながら一字、一字読んだ。

「前略、翔吾へ

立派になったな。会って誉めてやれなくてすまない。しかし、心配するな父さんにはおまえが見える。身体は滅っしても、魂はいつもおまえや母さんのそばにいる。もはや、今のおまえには父さんは必要ない。もう、教えることなど何もない。あとは、おまえが信じた通りのことを貫きなさい。今まで同様、努力は惜しむな！　いつか自分に返ってくる。

それと、俺の最期に立ち会えなかったことで自分を責めることはしないで欲しい。これは、父さんが望んだことだ。今さら、父さんの方から伝えられようはずがない。それでは虫がよすぎると言うものだ。

すべては俺の意思だ。母さんには手紙は残さない。おまえからよろしく伝えてくれ。俺の人生、おまえや母さんに出会うことができて幸せだった。ただ、おまえたちの近くにいつもいてやることができなかったことを許して欲しい。幸せに長生きしてくださいと……。

それと、もう一つ、父さんは少し後悔していることがある。なぜ、自分はあの時、母さんやおまえを置いて出ていってしまったのか……あの頃の父さんは若かった。かっこつけ過ぎた……どんなに無様でみっともなくても一緒にいるべきだった。だから、おまえは何事も愛する人とともに乗り越えてください。もっと自然でよかったんだね……。


父より」

飾らない父の言葉は俺の胸に届いた。父の息子であることを誇りに思い、いつか、この父を超える男になりたいと願った。俺が手紙を読んでいる間、見守ってくれていた、父が自分の位牌を預けるようなその女性に、俺は尋ねた。

「失礼ですが、親父とは？」

彼女はゆっくりと語り始めた。

「私と宏さんのつき合いは、十年ほど前からになります。私が主人と死に別れて、ここに越して来てからです」

「はぁ、そうでしたか」

「いつも、いつも励ましてくださいました」

「……」

「そんな、宏さんを私はお慕いしておりました。しかし、もうそんな年でもありませんので、茶飲み友達のような間柄でした」

「では、父の看病も？」

「はい、最期もお見送りさせていただきました。大変、恐縮です……」

「とんでもありません。父になり代わって、お礼を申し上げます。ご迷惑をおかけしてすいませんでした……」

「いえ、そんな……」

「あなたのような女性に親切にしてもらえたことが、幸薄い親父のせめてもの救いです。心からお礼申し上げます」

「宏さんは、いつもおっしゃっていました、俺にまだ運があるのなら、こうして地道に心穏やかに暮らしていれば、きっとその運が息子に移るだろうと……」

「……そんなことを……」

「ですから、お父様の分も頑張ってください」

「はい……わかりました」

その後、俺は彼女に連れられて、かつて幼い頃に行ったことがあるだろう、親父も眠る、麻生家先祖代々の墓へ参った。彼女は墓に花を添え、線香と蝋燭を立ててくれた。俺は墓の前で、親父の冥福と感謝の念をこめて、静かに合掌した。

彼女があの思い出の山寺で、町会の人たちとともに細々ながら葬式をあげてくれたらしい。資金は父の残した少しばかりの金と町会の費用からということだった。

線香の煙が白い一筋の線となりそのまま天へ昇っていった……。

彼女は別れ際、頑張ってください、と言ってくれた。俺は彼女に手持ちのありったけの金を手渡したが、気持ちだけと、受け取ってもらえなかった。俺は、彼女の姿が見えなくなるまで、彼女の後ろ姿に一礼したままの姿勢でずっと見送った。その後、太陽にサンサンと照らされた畦道を、俺はただ一人歩いていた。

俺の足は、親父と最後に行ったその山寺へ向かっていた。その途中、ふと目をやった先に大きな屋敷があった。俺の背よりもはるかに高い塀が、その屋敷のぐるりを囲んでいた。塀のさらに上には、美しく手入れされた木々たちが見えていた。

……この屋敷は⁉　俺には分かった。これが俺の生まれた家だ‼　もみじの木が俺にそう伝えてくれた。木々たちの香りが、俺の身体の内側へ自然に浸透していった。言うまでもなく、表札は〝麻生〟ではなかった。親父は、いつもどんな思いでこれらを見ていたのだろう……。俺は再び歩き出し、山寺まで来た。山寺の長い長い石段を、あの日、父と上ったようにゆっくりと上った。上り切った境内には人は誰もいなかった。俺は、境内に一人ぽつんと佇んで、周りを見渡した。俺を囲むようにぐるりに大きな木が生い茂り、正面には賽銭箱があった。

何も変わっていなかった。相変わらず、手を叩けば響くほど静かだ。雑音は一切ない。聞こえる音は、真夏の暑い日に相応しい、少し遠くの方から聞こえる蝉の鳴き声だけである。その時、俺はふと思い出して、上着の内ポケットに手を突っこみ、財布を取り出し、札の間を探った。……あった！　それは、親父と来たあの日にひいた、小さなビニールのケースに入った。〝おみくじ〟だった。

その中には、確かお守りも入っていて、俺は財布を替えるたびに、これだけはなぜか捨てられずに、いつも財布の中に入れて持っていたのだ。

俺は、その懐かしいおみくじを開けてみた。そこには、開運招福お守りと太字で書かれてあり、その横に「ここに縁起物（熊手と小判・大黒・恵比須・招き猫・こづち・無事かえる・だるま）のうちの一体が納められています。この縁起物はあなたに幸せをもたらし願いをかなえてくれます。財布等の中に入れて常にお持ちください」そう書かれてあった。

俺は律儀に、それに書かれている通りに財布に入れて持っていたわけである。俺が授かったのは〝だるま〟だったようだ。その中から、また透明のビニール袋に入った金色の、俺の小指の爪の大きさほどのだるまが見えた。

俺は、そのだるまと一緒に入っている紙切れを取り出し、書かれてある文章を読んだ。

「達磨……忍耐、人望、福徳をさずける。福神、七転八起（何度失敗しても屈しないで奮い立つの意味）人に忍と福と寿命の三徳を与える福神といわれ、古くから広く信仰を集めています」

それを読み終えて、あの日、父と交わした会話が甦ってきた。まだ、高校生だった俺は、これを読んで父に言ったのだ。

「俺は、だるまより、小判とか、こづちの方が、金持ちになりそうでよかったよ」と……。

すると父はすぐに、そう言った俺を否定した。

「何を言ってるんだ。おまえは一番いいものを授かったんだぞ！　人が生きていく上で根性と人脈がどれほど大事なことか……、そのお守りを書いてあるように財布に入れていつも持っていなさい」と。

そして、「翔吾、金はな、そんなにいらんのだよ。大切なのは、愛する人に恵まれることだ。その人たちを守れる男になりなさい。そして、もし、それで金があまるようなら、たくさんの人のために使いなさい。余分な贅沢はするなよ。金は時に人を変える……」

そう俺に教えてくれた。今の俺には、そう言った父の美しい心が痛いほどわかった。なぜ？　そんな父が、日の当たらない場所で一生を終えなければならなかったんだ！　俺はやり場のない怒りに震えた。

蝉の声が一層大きく聞こえた。母が添い寝しながら教えてくれた芭蕉の句が浮かんだ。

「閑さや岩にしみ入る蝉の声」

その蝉の声は岩だけでなく、俺の心の奥深く沁み入った。俺の頬を今まで堪えていた涙が伝った。「男は泣くな！」親父の声が聞こえたような気がして堪えたが、一度溢れた涙は容易に止まらなかった。後から後から溢れ、流れた。

俺の脳裏に、もはや、叔父とも思いたくない黒木貫志の顔がよぎった。結局、奴のことは何ひとつわからなかったが、親父の会社を奪い、幸せを壊した、その事実で充分だった。

俺は、今ここに奴への復讐を誓った。俺は、足早に山寺を後にした。そして、山形空港ではなく、仙山線に乗りこみ仙台市内へ向かった。奴がまだいるかもしれないホテルメトロポリタンへ……。長い長い仙山トンネルの中で、親父の位牌の入ったボストンバッグを胸に抱え、俺は奴に会ってどうしようというのか？　何を言おうというのか？　と考えた。しかし、何もわからなかった。ただ、奴の顔を拝みたかった。親父を不幸にした奴の顔を！……

6

悲しみに打ちひしがれ、仙台駅に到着した俺は、ホームに降り立つと人込みの間をすり抜けるようにして、駅、二階の中央出口を出た。そこは、四角形を成して連なった歩道橋になっていて、右手に百貨店、そして、左手にホテルメトロポリタンの二階連絡口と直結している。

俺は歩道橋を真っすぐ左手に進み、その出入口からホテルへ入った。中はクーラーで心地よく冷えていた。隣にはステーションデパートやグルメビルがあり、立地条件のよいこのホテルは、常時、人で華やいでいるようだ。俺は、入ってすぐのエスカレーターを利用して一階フロントへ降り、フロントクラークに尋ねた。

「すみません、ちょっとお尋ねしますが、前日から一泊の予定でご宿泊の黒木貫志さんは、まだ、ご滞在でしょうか？」

「お客様の黒木貫志様ですね……しばらくお待ちください。……チェックアウトの時間が少し過ぎてますので、まだ、いらっしゃいますかどうか……？」

男性クラークはそう答えると、馴れた手つきでパソコンを操作した。しばらくパソコンの静かな機械音がなり、その後クラークは丁寧に答えた。

「まだ、チェックアウトされていませんね。お電話をおつなぎしましょうか？」

クラークは、俺の返事を待った。

「いや……直接、訪ねる。ルームナンバーは？」

クラークはその言葉に、少し怪訝そうな表情をして言った。

「失礼ですが……お客様は？」

俺は、その質問にはすぐには答えず、エレベーターホールの方に目をやった。その時、一台のエレベーターのドアが開いた。そして、偶然にも大きめのアタッシュケースを手にさっそうと一人で奴が降りてきたではないか！

一度、暗闇で見ただけなのに俺ははっきりと黒木貫志であると確信したのだ。それは、あの時見たのと同じように、まったくいまいましいが、その姿は、同性ですらも認めざるを得ない精悍で、洗練されたかっこよさが滲み出ているからだ。俺は、フロントの前からとっさに離れ、エレベーターホールに向かって二、三歩、歩んだ。

奴は、エレベーターから真っすぐに、この俺のいるフロントに向かって、ゆっくりと自信に溢れた足取りで歩いてきた。フロントクラークは、俺に顔を向けたまま俺の返事を急き立てた。

「あの……お客様！」

俺は、クラークと顔を合わさないで、歩いてくる黒木を見据えたまま、クラークの顔の位置くらいの高さに手のひらをかざし、そのフロントクラークを遮った。そして、俺は黒木と対称にエレベーターホールの方向へ、奴に向かってゆっくりと歩き出した。

奴の顔が、鮮明になるにつれて、やり場のなかった怒りが、目の前にいる黒木に移っていった。奴はそんな俺に気づきもしないで、自分の腕時計に目を落としながら歩いていた。黒木との距離があと一メートルに達した時、俺の怒りは全身を貫いた。黒木と俺の身長はほぼ同じだ。今！　黒木の右肩が俺の右肩を越えた。俺の存在などまるでないかのように……。次の瞬間、俺は振り返り、偶然出会った知り合いを呼び止めるように、ごく自然に、奴の背に向かって声をかけていた。

「黒木さん！」

奴は反射的に振り返った。そして、奴の視界は俺だけになった。黒木は、しばらく俺を見つめ、一瞬見知らぬ他人を見る目つきをしたが、すぐに笑顔をつくろい、決まり悪そうに小首をかしげて俺に言った。

「申しわけありません、仕事柄、いろいろな人に会うものですから……失礼ですが、どちら様でしたでしょうか?」

俺は、今にも殴りかかりそうになる気持ちをぐっと抑えた。そして、思った。

〝まだ名乗るのは、まだ早い〟

俺は名乗りたい気持ちを抑えるため、左の拳に力を入れて耐えた。それから、感情とは裏腹に笑顔を作り、答えた。

「名乗るほどの者ではありません。私の方が勝手に存知上げておりましたものですから、ついお声をかけてしまいました。お引き止めして申しわけありません」

黒木は、不思議そうな表情をし口を開きかけた。俺は、それを待たず背を向けた。これ以上は耐えられそうになかった。そして、足早に真っすぐ歩いた。背後から黒木の声がした。

「是非、今度お食事でも……」

俺は、それを無視した。そして、ちょうどドアの開いているエレベーターに乗りこんで、ボーイに言った。

「八階」

と。でたらめの……用事も何もあるはずのない階を……。

握り締めたままだった左の拳を少しずつ開いてみた。すると、一筋、赤い液体がツーッと流れた。血だった……。

7

仙台から羽田空港に到着したのは、まだ、夕焼けの時刻であった。夕焼けは少し黒味を帯びていた。俺は、真っすぐに本田部長の元へ向かった。企画の仕事の進行具合の報告を兼ねて、本田部長の後輩だった頃の黒木の人物像を聞くために……。

本社は、まだ勤務時間中であった。案の定、受付の女の子に呼びとめられた。しかし、すぐに来客があり、彼女が応対の必要に迫られたため、俺は前回同様、彼女と食事の約束をせずにすんだ。

今回は、エレベーターで企画室まで上がった。久しぶりに、俺は企画室のドアを開けた。どこの会社にでも見られる光景が、そこにある。長方形の三十坪ほどのフロアーに、所狭しとデスクとOA機器が並べられ、その各デスクの上には書類が山積みになっている。その角をパーテーションで仕切ってあり、申しわけ程度の応接間がある。その中で十五人ほどの従業員が動いていた。この時間帯にはフルメンバーが揃っているのだ。

「失礼します」

俺はそう言いながら、中へ入った。まず、その付近にいた女の子が俺に気づいた。

「麻生さん！」

と俺の名を口にすると皆が気づき、手の空いているものは笑顔で会釈したり、声をかけてくれたりした。

「お久しぶりです」

俺は、誰とはなしにそう言った。その中の一人の女の子が部長に取り次いでくれた。正面に陣取っている部長は電話中で、俺に背を向けながら話していたが、受話器を耳にあてたまま椅子を反転させて、俺を認め笑顔を作り、応接の方を指差した。俺はうなずいて合図を送った。部長は俺から視線を外し、再びこみ入った内容らしい会話を続けた。

「麻生！」

俺はその声と同時に、肩を叩かれた。

「おう！」

俺はすぐにそう答えた。相変わらず人懐こそうに微笑む、柴田だった。企画室にいた頃、一番仲のよかった男だ。同期で企画室に一緒に配属された同い年である。彼は言った。

「おととい、おまえの店に電話したんだぜ、飲みに行こうと思って……」

「へー、悪い。出張だったんだ、仙台まで」

「そうだってな、電話に出た女の子が言ってたよ。実はな……その仕事、俺がやるはずだったんだ、すまん」

そう言って、柴田はすまなそうに合わせた手をおでこにくっつけて、さらに言った。

「おまえの担当してた面倒な仕事が、俺のところに全部回ってきて、処理しきれないよ」

「いいよ、忙しいのはわかってるから」

「悪いな……ところで今夜どうだ?」

「あいにく、今夜は……」

「女だろ? 相変わらずモテますね」

「そんなんじゃないよ、でも、ちょうどよかった。おまえに頼みたいこともあったんだ。近いうちに電話するよ」

「めずらしいね……なんだ?」

「ここでは、ちょっと……」

「そうか、なんか深刻そうだな……なんでも言ってくれ、待ってるよ」

「ありがとう」

そう言って、本田部長に目を向けると、ちょうど電話を切るところだった。

「じゃあ、部長と話があるから」

「ああ、遠慮するなよ。いつでも電話してこいよ」

そう言って、柴田は仕事に戻っていった。

俺は応接のパーテーションのドアを開け、その中の座り慣れたソファに掛けた。このソファは相変わらず弾力性がなく、年期を感じさせる。ソファと呼べる代物ではすでになくなっている。

ドアをノックする音が三回して、女性がコーヒーを二つ、トレーに乗せて入ってきた。篠原敦子だ。俺は彼女と一度だけ寝たことがある。

入社五年目の彼女は、企画室ではもうベテランの部類だ。三年間、彼女は俺の仕事のサブとして苦楽をともにした。派手な顔立ちからは想像できないほど、控え目な彼女の性格が俺を引き立ててくれた。サブとしての彼女の手腕は大したものだった。美人で背が高く、ほっそりとした絶妙のプロポーションを持つ彼女に対して、女を意識せずに仕事だけするということは一種の苦痛だった。

俺は、仕事上のつき合いのある女性とは、関係を持たない主義である。仕事の延長で飲みに行くようなことがあっても、そういう関係になることはなかった。それに、救われたのは、その時、彼女には彼がいたということが最大の理由だったのだが……。

それが、二年前、俺の今の店への配属が決まった時、彼女はタイミングよく彼と別れた。そして、いつものように飲みに行った時、「一度だけ……」と、彼女の方から俺を誘った。断る理由もないし、俺は成りゆきで彼女を抱いた。それから、すぐに俺は転属した。後にも先にも本当にそれ一度きりとなった。彼女と顔を合わすことがあっても、俺も彼女もそのことには触れないで二年が過ぎた……。彼女が俺に恋愛感情を抱いてくれていたのかどうかは定かでない。

「失礼します……」

そう言って部屋へ入って来た彼女は、コーヒーをまず俺の方に出してくれた。伸ばした手に添って、彼女の肩の下あたりで綺麗にカールした髪が俺の側へサラッと落ちた。彼女の髪の懐かしい香りがした。俺は言った。

「気を遣わないでください、お客さんじゃないんだから……」

「部長が持って行くようにと……私に。他の女の子が『いつも敦子さんだけずるい』って焼きもち焼いてました」

「嬉しいなァ……」

俺は、そのまま沈黙してしまった。それ以上、何を話せばいいのかわからなかったからだ。彼女は俺の向かい側の席にもコーヒーを置いた。そして、彼女は少しうつむいて俺に告げた。

「麻生さん……私、やっと彼ができました……」

「そう、よかった。ここの人間？」

「ええ……。実は柴田さんなんです」

彼女はそう言って、少しはにかんだ。

「へぇ、あいつ、何も言わないから」

「ごく最近なんです……今だから言えますけど……あなたを忘れるのに、実は二年ほどかかりました」

俺はその言葉に一瞬、驚いたがすぐに答えた。

「それは、光栄だね。鳶に油揚げさらわれたような気分だけど、柴田はいい奴だよ、大切に……」

「はい。ですからあのことは……」

と、彼女は唇に人差指を当てた。俺は決まり悪そうに微笑みながらうなずいた。彼女はにっこり笑って部屋から出て行った。俺は何かホッとしたような嬉しいような、また惜しいことしたような妙な気になって、コーヒーを一口飲んだ。

ほどなく、ノックなしで部長が豪快に入って来て、俺の向かいに座った。部長の顔を見るなり、少し落ちついていた俺の中の父親の死を悼む感情が再び目を覚ました。部長はその俺の顔を見て言った。

「ご苦労さん、さすがの麻生君も疲れたと見えるな。それとも、何か不都合があったのか?」

鋭い、さすが部長だ。そう思いながら、俺は言った。

「いえ、仕事の方は順調に進んでます。……まず、仕事の報告をします」

そう言って、俺は仕事の進行状態、出張経費および今後の予算と完了に関わる日数等を克明に報告した。終始その報告を冷静に聞いていた本田部長は、俺が話し終えてからひと呼吸おいて言った。

「よし、今のところ完璧だ、その調子で頼むよ。……もう充分、俺の代わりができるな。

頼もしいよ」

「とんでもありません、まだまだですよ」

「おっ、いつもの減らず口はどうした。さては仙台で親父さんにやられたな?」

俺は、部長から視線を外し、テーブルの上に目を落として言った。

「叱ってくれた方が数倍よかったです。……親父は半月前に亡くなってました」

俺がそう告げるなり、部長の顔色が見る見る変わった。そして、重々しい口調で言った。

「何ィー! それは本当か……?」

「事実です。位牌もいただいてきました……。二年前から心臓病だったそうです」

「心臓?……そうか……。麻生社長の心境が、聞かなくても私には手に取るようにわかるよ」

そう言って、部長は天井を仰ぐようにして軽く目を閉じた。部長の無言の痛みが俺にも充分伝わってきた。ひと昔も前に自分の部下だった本田部長に、こんなにも慕われている親父を改めて尊敬した。部長はきっと今の俺の気持ちも全部察してくれている。俺は今日ほど部長の存在を、ありがたく思ったことはなかった。

俺は、まるで部長が自分の家族であるかのように、今日の仙台での出来事の詳細を話した。メトロポリタンで黒木貫志を一目見たことまで……すべて。部長は黙って、うなずきながら俺の話を聞き終えて、口を開いた。

「ひょっとして君は、黒木の会社を？」

「ええ、買収するつもりです」

俺はキッパリとそう答えた。部長は学生時代の奴を語ってくれた。

「俺と奴はそんなに親しい間柄ではなかったが、何人かでときどき遊びに行ったりはした。奴は、人に心を見せないくせに、人の言うことはいちいち気にしてた。そのくせ、批判的だった。だから、敵は自然と多かった。そして、小さい頃からたくさんの人に好かれる麻生社長のことを逆恨みしていたようだ。

それから、奴には残忍なところがあった。ルックスがよくて、頭のよかった奴は女にはモテたが、一人の人を愛さず、いつも違う女を連れていた。それだけならいいが、妊娠させた女も一人や二人じゃなかったと思う。そのたびに奴は責任も取らず、放ったらかして相変わらず別の女と遊んでいた。

ある日、奴が腕に包帯を巻いて通学して来た。詳しいことは知らないが、みんなは女に刺されたんだと噂していた。そんな奴が大学を卒業するとすぐ結婚した。みんな驚いていた。後で聞いたが、ある財閥系の企業の社長令嬢のところへ、今で言う逆玉したんだそうだ。その時、自分の兄貴の会社を非情にも売りとばした……。奴の学生時代について俺が知っているのは、これだけだ」

部長は長い話の後、ふーっと寂しげに一息ついてから、コーヒーを口にした。俺はその話を聞いて、葉子の仕事が終わるのを奴の会社のビルの前で待っていた時、俺が奴に対して感じた嫌な匂いの意味は、たぶんこのことだったのだろうと思った。

「今の話を伺って、奴に同情の余地はないです。僕は黒木が許せない。黒木と親父はまったく光と影です。自分の兄弟の幸せを奪って築いた奴の地位を、親父に代わって俺が取り返します」

「麻生君……実は、君が仙台へ出張している間に、私は奴の会社の定款をあるルートから手に入れたんだ……」

「ありがとうございます、なんとお礼を言っていいか」

「いや、喜ぶのはまだ早い……」

「と、言いますと？」

部長は俺の目をしっかりと見据えて言った。

「黒木の会社内での株主は、社長である黒木と専務の梶村の二人だけだ。しかも、その所有数も全体の半数にも満たない」

「え？　ということは、残りの株主は全て黒木一族？　さっき部長がおっしゃっていた財閥系企業の……」

「そうだ。その企業の社長、黒木雄一が約半数を所有している。その残りの株を、黒木貫志の妻である冬子、あとはすべて身内だ」

「じゃあ、取締役会など有名無実ですか？」

「その通りだ、従って麻生君、君が今相手にしようとしているのは、財閥系一部上場会社社長の黒木雄一なんだぞ！」

　俺は、一瞬たじろいだ。……しかし、意思は変わらなかった。今の俺に何ができるのか見当もつかない。けれど、今までだってやってきた。ただ、少しばかり相手が大きすぎるという事実だけで、信念を変える気はなかった。物事は始めてみなければわからない。そう思うと闘志が湧いてきた。部長は言った。

「どうする？　麻生君……」

「やってみます、できるところまで……まず、黒木雄一にアポイントを取りつけます」

「そうだな、すべてはそこからだな。私もできるだけ協力しよう。麻生社長の恩に報いるためにも……」

「ありがとうございます」

「頑張れよ！」

部長はそう言い、俺の肩を一回強く叩いた。そして、部長と一緒に応接を出た。帰りがけ、部長は俺に、黒木貫志の会社の定款のコピーの入った大きめの封筒を手渡してくれた。

時刻はとっくに六時を回っており、残業をしている社員は少なく、俺はすんなり企画室を出た。

俺が本社勤務をしていた当時は、この時間に帰社する者の方が少なかったのだが……バブル経済が崩壊してから不景気に陥り、少なからずこの業界も低迷した。そして、会社側が残業を制限したのだ。しかし、仕事の量は減らず、自宅に仕事を持ち帰るものが増えた。今日は女の子と油を売る気にもなれそうになかったので、俺には好都合だった。俺は、本社を後にして一旦店に戻ることにした。

表に出ると小雨がパラついていた。夕立にしては少し時間が遅いようだ。傘を持っていなかった俺は、抱えていた小振りのボストンバッグを頭上にかざし、店への距離を幾分急いだ。

ビジネス街に位置する俺の店舗は繁華街の閉店時間は、七時である。しかし閉店後も当日のキャンセル処理やら手続きに追われ、実際に皆が業務が終了するのは早くて八時、遅い時は九時くらいになる。俺の定時は平均すると九時から十時の間くらいだ。

店に着いた頃には雨は本降りになっていた。俺はスーツについた水滴を払いながら、裏から店に入った。店の中はまだ全員が勤務していて、

「お帰りなさい」

「お疲れさまです」

と皆が迎えてくれた。

仙台で感傷に浸っていた俺は、自分の居場所のあることを嬉しく感じた。帰るなり頼まれた難儀を一件処理しながら、なぜか今日はそれが楽しいような錯覚さえ覚えた。俺がその処理をしている途中、各業務を終えた者から順番に「お先に失礼します」という言葉を残し、帰宅していった。

その処理を終えてふと気づくと、ユリちゃんと二人っきりになっていた。周りの重い空気を払い退けるようにユリちゃんは俺に言った。

「店長、気を遣わないでください。私はもう大丈夫です」

俺はその言葉で救われた。俺より遙かに年下の彼女が大人に思えた。俺は笑顔で言った。

「気なんか遣ってないよ。さて、なんのことだったっけ?」

彼女は笑った。その後、彼女は帰宅の準備を始め、俺は自分でコーヒーをいれた。そして彼女は帰りがけに言った。

「お兄ちゃんになってくれるという約束は、忘れないでくださいね」

と……。

「ああ、もちろんさ」

と俺が答えると、可愛い微笑みとともに彼女は店を出て行った。

いつものように一人店に残った俺は、自分のデスクでコーヒーを飲み、壁時計を見た。七時三〇分だった。葉子の家に行く約束は九時である。俺は一時間ほどあるゆとりの時間で作戦を練ることにした。そして、先ほど本田部長からもらった定款を広げてじっくりと読んだ。

葉子の自宅に着いたのは、ほぼ定刻通りだった。葉子は、Tシャツと短パンのくつろい

だ服装で、

「お帰りなさい、おつかれさま」

と言って俺を迎えてくれた。

葉子は俺のために食事を作ってくれた。彼女の作る料理はお世辞ぬきで美味である。食事が終わってから葉子は水割りを出してくれた。葉子も飲んだ。俺はいつになく早いペースで飲んだ。普段より口数が少ないせいである。葉子は相変わらず、穏やかで品があった。俺は酔ったのか、そんな葉子を無性に崩してしまいたい衝動にかられた。俺は黙って彼女の目を見つめた。彼女は、いつもと違う俺を感じたのか戸惑った目をして、俺を見返した。

「麻生さん……? いつものあなたじゃないみたい……」

彼女の濡れた唇がそう言った……。その後の俺は理性を完全に失っていた。まるで獣のように、半ば暴力的に彼女にキスした。そのキスの後、彼女は怯えたように言った。

「どうしたの……?」

俺はその言葉も無視した。抵抗しようとする彼女の両腕を羽交い締めして、ソファに押し倒し、もう一度唇を奪った。唇が離れた瞬間彼女は荒い息をして、強く言った。

「いや、止めて!」

俺の胸に、もはやその言葉も届かなかった。俺の手が彼女のTシャツに掛かった時、俺は思いきり彼女に横っつらを張られた。そして、俺はハッとした。ようやく我に戻り、葉子から離れて床のラグマットの上に大の字になり天井を仰いだ。そして小さく言った。

「ごめん、どうかしてた……」

葉子は俺がそう言うとすぐ起き上がり、そのソファに座り直して言った。

「こんなふうにはいやなのよ……」

彼女は、乱れた長い髪をかき上げるようにして整えながら、そうつぶやいた。

「ごめん、悪かった」

俺は力なくそう答えると、大きく息を一つ吐いた。そんな俺を見て彼女は優しく言った。

「何かあったんでしょう？　あなたはわけもなくこんなことするような人じゃないもの」

「ありがとう……」

それで口ごもった俺に、さらに彼女は言った。

「話して。なんの力にもなれないかも知れないけど……話せば少しは気が紛れるわ」

俺は、彼女に自分の生い立ちから今日知った親父の死までを告げた。ただ、黒木のことは伏せておいた。愛する彼女を巻きこむわけにはいかなかった。聞けば理性の強い彼女は、黒木の秘書という自分の立場と俺との愛の間で苦悩するのが目に見えていたからだ。

しかし、彼女は会社での立場上、いずれはすべてを知ることになるだろう。それでも、その時までがもいい、俺の口からは語らずにいよう。たとえ、一分でも一秒でも長く……彼女が苦しまぬよう……。彼女は俺の語る事実を聞いていつしか涙を浮かべていた。

その晩、俺は葉子を抱いた。どちらからともなく、ごく自然に……。鳥が傷ついた羽を休めるように。その間中、ベランダの窓をしきりに叩く雨音がしていた。

そして、その後二人は静かに眠りに落ちた。

8

朝、俺はいつもと違う目覚ましの音で目覚めた。部屋の中を見回したが、すでに葉子の姿は見当たらない。ガラステーブルの上で鳴っている目覚ましを消すために、俺はベッドから身体を起こした。その目覚まし時計を取り上げ、ベルを止めた。時間は、まだ七時であった。仕事には充分にまに合う。時計を元の位置に置くと、そのかたわらに葉子からのメモがあった。

「翔吾さんへ

おはようございます。

あなたと今朝、顔を合わすのは少し恥ずかしいので、ひと足早く出かけます。お部屋のスペアキーを置いて行きます。あなたが持っていてください。食事の支度は止めておきます。あなたが目を覚ましそうだから……。では今日もお仕事頑張ってくださいね。

葉子」

それだけ書いてあった。葉子らしいと思いながら、俺はいつもの習慣でシャワーを浴びたくなった。

この部屋のバスを使用させてもらおうかと思ったが、出張中から着ていたよれよれのスーツを着て出勤する気になれなかったので、一旦、自宅に帰ることにした。俺は洗面所で顔を洗い、素早く着てきた服を身につけると部屋を出た。葉子が置いていったスペアキーでドアを閉め、そのキーを愛用のキーケースに吊った。

夕べ、熱帯魚をこのままこの部屋に置いていって欲しいと言った葉子の要望通り、水槽はそのままにしておいた。

エレベーターホールに、葉子と同じ年格好の女性が先に待っていた。その女性は見慣れぬ俺に少し警戒したような視線を向けた。俺は軽く会釈し、隣の階段を利用して下に降りた。そして、路上に駐車してあったアウディを走らせた。まだ、身体にしっかりと葉子の余韻が残っていた。


店にはぎりぎりまに合った。いつものように手早く朝の業務を片づけると、あの黒木雄一の会社に電話を入れた。すぐに女性の交換手が出て、業務口調で社名を告げた。

「麻生と言いますが……社長室につないでください」

「麻生様ですね、しばらくお待ちください」

そう告げられてから、かなり待たされた後にまだ若そうな声の男性が電話に出た。

「大変お待たせいたしました、社長はただ今、来客中ですので代わりにご用件をお伺いいたします。どちらの麻生様でいらっしゃいますか？」

「失礼ですが？」

「申し遅れました、私は秘書課の青木と言います」

「そうですか……」

と、俺は社名を告げて社長へのアポイントを申し出た。

「申しわけありませんが、当方とお取引きはございませんので、社長は直接お会い致しかねます。先に当社の販促部か開発部の方を通していただけますか？」

秘書は、幾分横柄な口調でそう言った。俺は「わかりました」と告げると受話器を置いた。やはりどこの誰ともわからない奴に電話の取り次ぎはしないらしい。まあ、もっともではあるが……。

社長の遠い親戚の麻生だと言えば、たぶんアポイントは取りつけられるだろう。しかし、それでは俺と会う前に黒木雄一は旧姓、麻生である黒木貫志に尋ねるはずだ。それでは、俺の存在に黒木貫志が気づかぬとも限らない。俺はどうしても直接、黒木雄一と話がしたかった。別の方法を考えるより仕方ない。

黒木雄一の会社は、明治より創業した繊維産業を主としている。彼の代から、財閥と手を組んで多角経営を始め、順調に業績を伸ばし今日に至る。今の黒木雄一は三代目の社長である。その黒木雄一にしてみれば、黒木貫志の会社など、ほんのお遊びにすぎない。そのお遊びの会社ですらも、実権は黒木雄一が握っているとすると、どうやら黒木貫志はあまり信用されていないとみえる。

定款を見る限りでは、企業買収を避けるため普通の会社なら記されているはずの「株式を譲渡するには、譲渡する前に、取締役会の承諾を受けなければならない」という規定が設けられていないのだ。だから、黒木雄一を口説き落とすことができれば、黒木貫志の会社など簡単に手に入る。もしも、できればの話であるが……。

次の日、朝から本格的に雨が降っていた。かなりの雨量だ。俺は、店に出勤する前に黒木雄一の会社へと向かった。黒木雄一の会社は、本田部長や柴田が働いている本社ビルと同じ通りに面して徒歩五分ほどの距離にある。朝の通勤渋滞を避けるため、地下鉄を利用することにした。

あまり電車を利用することがないので、朝の通勤ラッシュは久しぶりだ。不慣れな俺は、乗車する際の乗車位置を誤った。俺は今、電車のドア付近で、身動きのまったくとれない状態で、されるがままに突っ立っている。先ほどから左足のかかとの辺りに、何やら冷たいものを感じる。かなり、靴下に染みこんでいる様子だ。どうやら、誰かの持っている傘の先が、俺のかかとに突きささっているらしい。

しかし足をどかそうにも、ここで左足をちょっとでも動かせば、今度はバランスを保てそうにない。靴の中が随分気持ち悪いが、諦めるしかなさそうだ。まったくいただけない……。何やら、軽い空しさと情けなさを感じた。

ようやく、目的の駅に到着し電車を降りた。この駅はビジネス街の真下にあるため、この沿線で一番利用客が多い。ホームは人でびっちりである。俺は立ち止まることを許されず、そのまま人の流れに乗って改札までの道のりを歩いた。

周りが騒々しいので外に漏れることはないが、歩くたびに俺の左足は、ぐちゅぐちゅと不快な音を立てた。階段を上がるたびに、足の中の水が、辺りに飛び散りそうだ。最大限にストレスを溜めながら、やっと俺は地下鉄から解放された。

地上に出た俺は傘をさし、人の邪魔にならない位置にようやく立ち止まることができた。立ち止まるとすぐに、傘を持っているのとは別の手で左足のビジネスシューズを取った。靴をひっくり返すとつぅーっと一筋の雨水が出た。それをもう一度履き直したら、先ほどよりは幾分いいが、靴の中の布も、靴下も随分水分を含んでいるらしく、すっきりとはいかなかった。俺は不快な気分を残したまま、黒木雄一の会社へ足を向けた。

先ほど出てきた地下鉄の通用口の正面が黒木雄一の会社である。この会社のアクセスは最高である。このビジネス街の中心と言える交差点の角に位置し、すぐ脇の道路には高速のインターがあり、今、俺の立っているところが先ほど上ってきた地下鉄の通用口である。濃い煉瓦色をした十階建ての重厚な構造は、いやでも風格を感じさせる。

さて、どうしたものか？　これで、のこのこと受付にアポイントを申し出たところで、また虫けらのように追い返されるのが目に見えている。やはり、出勤してきた黒木雄一を捕まえるしか今の俺には成す術がない。

今日、果たして会社に出勤する予定なのか？　わからないが一時間だけ待ってみようと決めた。

俺は、スーツの内ポケットから携帯電話を取り出して、店に、少し遅れる旨の連絡を入れ、人の流れの邪魔にならない位置で黒木雄一を待つことにした。

どのくらい待ったろう？　雨は止むどころか、先ほどよりさらに勢いを増して降り続けている。傘に当たる雨の音がかなり激しい。あっ、由美子だ！　交差点の向こう側に、相変わらず派手な出立ちでピンク色をした大きな花柄の傘を持ち、歩いている由美子を見つけた。

その傍らには男の姿があった。さすがに女性は変わり身が早い。必要以上に心配することもなかったわけだ。俺はホッとしたような、寂しいような妙な気分になった。

由美子は笑っていた……。素敵に輝いていた。俺のことなど気づく様子もなく……。彼女は……人込みに消えて行った。

それと、入れ違いに大きな黒いリムジンが視界に入ってきた。黒木雄一だ！　俺は咄嗟にそう思った。車のウインドウにはフィルムが貼られていて、こちらからは、中が見えなかった。俺はリムジンに駆け寄って行った。リムジンは正面玄関の脇にある通用口で停止した。俺はその近くまで駆け寄った。一人の男がリムジンの後部座席から降りると傘を差しかけた。黒木雄一らしい男の後姿が傘の下に見えた。俺は叫んだ。

「黒木さん！」

俺の声は雨音にかき消され、男は会社の中へと消えて行った。俺は通用口のすぐ隣まできた。リムジンは駐車場へと動き出して行った。俺はもう一度叫んだ。

「黒木さん！」

先ほど傘を差しかけていた男が俺に気づいて、振り返った。俺はその男に言った。

「黒木雄一さんに少しお会いしたいのですが」

黒木雄一の姿はもうなかった。その男は　二、三歩引き返して、通用口まで今一度戻ってきて言った。

「どなたか存知ませんが、社長は多忙です。急には、お会いできません」

「それを承知で待っていました。少しでいいんです。お願いします」

「お若いですね……、でも、無理です」

俺は、表情を変えずに淡々と話すこの男の目を見つめて言った。

「頼みます」

「しつこい方ですねぇ、これ以上、お聞き入れくださいませんと、警察を呼びますよ」

男は俺を見下したように言った。

「では、お電話でも結構です」

俺は必死に食い下がった。

「本当に聞き分けのない方だ」

と、男は俺をポーンと突き飛ばした。さほど強くはなかったが、不意をつかれた俺はよろけて後退し、先ほど水浸しになった左足で体重を支えた。が、足の裏が靴の中でスリップした。俺はバランスを崩し、後ろに尻持ちをついた。両腕を後方についたため傘を飛ばした。

「……」

俺を見下ろして、男は言った。

「すいません、転ぶほど力が入っていなかったと思うんですが……案外、華奢ですね」

「……」

「もう、帰った方がいいですよ、色男が台なしです。それとも、水も滴るいい男ですかな? はははっ、では、私はこれで失礼します」

男は、そう言い残すと何事もなかったかのように会社の奥へと消えて行った。俺は傘を拾うと立ち上がり、つぶやいた。

「もう、傘の必要はなくなったな……」

俺は全身ずぶ濡れになり、上着の裾からは水が滴り落ちていた。仕方ない、一度帰るとするか……。俺はすごすごと来た道を引き返した。そして「やはり柴田に頼むしかないな」と思った。

奴は気さくで気取らない性格だが、実は御曹子である。奴の父親が経営する会社は黒木雄一の会社と取引きがあると、以前聞いたことがある。柴田の父親の口ききがあれば直接社長と面談することも可能だろう。俺は早速、携帯から本社の柴田に電話を入れ、今晩食事する約束を取りつけた。

転んでも、ただで起きてやるものか……。


たっぷりと雨水を吸い取り、重く張りついたスーツを身体に感じて、俺はあの出来事を思い出した……。そう、あの日もちょうどこんなひどい雨だった。

俺と柴田……。今では親友と呼ぶにふさわしい間柄であるが、必ずしもスムーズにそういう関係になれたわけではない。

彼に対する俺の第一印象は、典型的な〝おぼっちゃま〟だった。研修期間中にすでに仲よくなった足立とは違い、何日かに一度、挨拶を交わす程度で、それ以上のことはなかった。しかし、気づくとなぜか彼を目で追っている自分がいた。

研修期間が終了し、柴田と俺は、同じ本社企画室に配属された。同期の俺たちは、何かにつけて比較される立場にあった。たがいに勝気な性格だったので、自然と意識せずにはいられなかったが、姿勢のよさに加えて、ブランドもののスーツをそつなく着こなし、丁寧に食事をとる彼の姿には、自分では意識していないだろうが、品の良さが滲み出ていた。脛に傷を持つ俺には、何か抵抗があり、挨拶以上の会話がためらわれた。

そんなある日の夜、時節は訪れた。その日、日の高いうちは、ちょうど梅雨の中休みと言われるように、晴れてはいるが湿度がかなり高く不快であった。誰もが雨乞いをしていたであろう甲斐あってか、夕方よりは豪雨となった。各地に大雨洪水警報が出され、皆が帰宅を急いでいた。俺も例に漏れずその一人だった。

いつもより早目に仕事を切り上げて、地下鉄の駅へ急いだ。とはいっても、時間は九時近く、人影もまばらだ。マイカー通勤が出来る身分になったのは、入社三年目からで、当時は車を買うための金銭的余裕がなかった俺は、左手に傘を、右手にバッグを持ち足早に駅へと向かっていた。駅の入口がすぐそこに見えてきた時、豪雨で視界が悪かったが、駅を通り越して、進行方向にまだ数メートル先の道路側で、歩道に少し乗り上げてハザードを点滅させている車を見つけた。それは、柴田の赤色のスポーツカーだった。

柴田は俺が退社するよりも十五分くらい前に帰ったはずなので、そこに柴田の存在があることは、ほぼ間違いがなかった。あるいは、そのまま無視して地下鉄の階段を降りていくこともできただろうに……。俺の足は戸惑うことなく、駅を通り越して、柴田の車の方へと向かった。赤色のスポーツカーのシートに、柴田の影はなかった。俺は車の前方に回りこんで見た。……予想を上回る事態に、俺は目を見張った！　雨に打たれながら少年を抱き抱えてうずくまる柴田の姿がそこにあった。

品のいい彼のアルマーニの薄いグレーのスーツは、雨と血にまみれていた。俺は、二人に傘を差し掛けた。それしか成す術がなかった……。柴田は、それに気づき俺を見上げて言った。

「麻生君……」

「大丈夫か？」

俺はそう声をかけながら、脇に転がっている原付を見た。前方の電柱にぶつかったのか？　フロントグリルが破れ、ハンドルはネジ曲がっていた。柴田の車には外傷は見当たらない……。

「もうすぐに、救急車がやってくる……」

と柴田は言った。俺は問うた。

「これは……?」

柴田に抱えられた少年が、少し怯えながら、すまなそうに口を開いた。

「僕が……、この人の車の前でスリップしてしまったんです……。膝をキーボックスに強く打ちつけました」

少年の膝の辺りから、かなりの出血が見られた。しかし、それを聞いて、俺はホッとした。どうやら、柴田が起こした事故ではないらしい。

「ほんのついさっきだよ……。慌てて彼を抱き起こして、携帯で救急車を呼んだ。頭は打っていないらしい」

柴田は落ちついてそう言った。

「それは、大変だったね……」

俺はそう答えると、差し掛けていた傘を柴田のあまっている方の手に渡すと、スラックスの後ろポケットからハンカチを取り出した。バッグを膝に挟んで、少年の右膝の上を止血した。かなりの出血であるが、少年の意識もハッキリしているし、命に別状はないようだ。

通り過ぎて行く車たちのヘッドライトに照らされて……、少年の膝の下になっている柴田のスラックスは、かなりの血を吸い取っているのが見えた。その裾からは、血と雨水が入り混じって滴り落ちていた。

俺は再び、柴田に預けた傘を右手に持つと二人に差し掛けた。

「ありがとう」

少年は俺の目を見ると、そう言って小さく微笑んだ。年の頃は十六、七か……。くるんと丸い瞳が印象的な可愛らしい顔をした少年だ。

遠くから救急車のサイレンが聞こえてきた。そのサイレンの音はすぐに、けたたましいくらいに大きくなり、俺たちの目の前で停止した救急車の音とともに消えた。救急車の両側のドアが開き、白い雨ガッパに身を包んだ救急隊員が二名駆け寄ってきた。

「大丈夫ですか？」

隊員の一人が、俺たちの脇に座りこんで尋ねた。

「はい、彼をお願いします」

柴田は、救急隊員にそう短く告げた。もう一人の隊員が救急車の後ろの扉を開けて担架を降ろし、少年の前に置いた。柴田はそのまま少年を少し抱き上げると、自らの手で担架に寝かせた。

「単独事故ですよね?」

隊員は少年に尋ねた。

「はい、この雨でスリップして転んで、そこの電柱にぶつかりました」

少年は、そう状況を説明した。

「一緒にお乗りになりますか?」

救急隊員は俺たちにそう尋ねた。柴田は少年に優しく言った。

「一人で大丈夫だな?」

「はい」

「病院に着いたらすぐ、両親を呼んでもらえ、いいね?」

「わかりました」

少年はしっかりとうなずいた。柴田は救急隊員に告げた。

「じゃあ、よろしくお願いします」

「わかりました」

隊員たちは、少年を寝かせた担架を持ち上げ、車に乗せた。一人の隊員が降りてきてドアを閉めようとした時に、少年の声が聞こえた。

「待って！　お兄さんの連絡先を教えてください！」

柴田は一瞬ためらったような顔をしたが、すぐに背広の内ポケットから名刺を取り出し、隊員に手渡して言った。

「これを彼に……」

その名刺は、受け取った隊員から、中の隊員を通して少年の手に渡った。少年は、それを見てから、上半身を片腕で支えながら身を起こして言った。

「ありがとうございました、柴田さん！」

柴田は、軽く片手を上げて微笑んだ。少年も笑った。救急車の扉は閉められた。

「では、ごくろうさまでした。雨がひどいですから、どうぞ、お気をつけて」

隊員は言った。

「よろしくお願いします」

俺たちはそう告げ、会釈した。隊員は急いで運転席へ乗りこむと、再び救急車はけたたましいサイレンを響かせて走り去って行った。柴田は、その後ろ姿に小さくつぶやいた。

「今度は、もうちょっと気の利いた場所で会おうな、ぼうず……」

俺は、柴田に昂然の気を見た気がした。

「さて、どうしよう……、麻生君？」

「その血の滴ったスーツは、怪しいよね……柴田君」

俺たちは笑った。柴田は言った。

「運転席のシートを汚したくないな……。失礼してここでスーツを脱いでもいいかな？」

「いいんじゃないかな、この大雨で皆それどころじゃないさ」

「それもそうだ。では」

そう言って、彼はその場でスーツの上下を脱ぎ、それを無造作に丸めると車の後部シートの足元に置いた。

「麻生君、送って行くよ。君もその格好で地下鉄には乗れないだろう」

まるで、頭から水をかぶったような俺を見て、柴田は言った。

「ありがたい……。お礼に俺の家のシャワーと俺の服を貸すよ」

「悪くないね、さっ、行こう！」

「あぁっ」

俺たちは、柴田の赤い車に乗りこんだ。

それをきっかけに、俺たちは急速に親しくなっていった。そして、その少年と柴田は、今でもときどき会っているらしい……。


その晩、柴田と軽く食事をすませた後、俺たちは行きつけのバーにいた。さほど広くない店内には、いつものように静かにジャズが流れている。今日は週末ではないので客は普段より少ない。俺たちはカウンターでキープしてあるブランデーを傾けながら、雑談を交わしていた。その会話の中で柴田は、篠原敦子とつき合っていることを俺に打ち明けた。

柴田は俺と彼女の関係には触れなかった。多少、気が引けないわけではないが……。もし、知っていたとしても過去のことをとやかく言う男ではないし、別に俺から話す気もなかった。話が一段落してから、俺は本題に入った。

「実は……おまえに頼み事というのは、おまえの親父さんの紹介ということで、アポイントをお願いしたい人物がいるんだ」

「ああ、構わないよ。しかし、親父に頼むということはかなりの大物だな。一体誰なんだい?」

「随分前になるんだけど、何かの話をしている時に、おまえの親父さんが黒木雄一の会社と取引きがあるって聞いたことがあったんだ。それで、その黒木雄一と会いたいんだ」

柴田はそれを聞いて、惜しいというような表情をした。俺はその顔を見て咄嗟に尋ねた。

「何か、都合が悪いのか?」

「よりにもよって、黒木雄一とはな……おまえの言う通り、以前から親父の会社と取引きがあったよ……」

「それで?」

「ついこの間なんだ、詳しいことは知らないけど、契約でトラブルがあったらしいんだ。それが、どうやら親父の方の落ち度で相手方に負債を背負わしたみたいなんだ。額は大したことないらしいんだけどね」

「困ったな、まったくついてないよ」

「立場が逆なら問題ないんだけど……」

「そうか……なら、仕方ないね」

俺は落胆した。やはりそんなに世間は甘くないなと改めて感じた。しかし、柴田は予想外に不敵にニヤッと笑って言った。

「落ちこむのは早いぜ、別の手がある」

「えっ、どんな?」

俺は内心、興味津々だった。

「政治家を絡ませよう、親父の紹介というよりずっといい!」

俺は柴田の発言に驚いた。さすがに御曹子だ。普段からは想像できないが、やはりすごいことをサラッと言う。俺との身分の違いを感じながら、それを尋ねた。

「どうやって?」

「田中とかっていう衆議院議員が選挙の時、親父が大分協力したらしいんだ。そいつに黒木雄一は何かと便宜を図ってもらってるらしい。だから、親父を通してその政治家からの紹介ということにしてもらえばいい」

「なるほど、完璧だね……でも、いいのか! そんなこと頼んでも……」

「なあに! おまえに世話になってるお返しだよ。気にするな」

「悪いな、恩に切るよ。おまえのような友人がいて心強いよ」

「改まって言われるとテレるよ……でも、誤解しないでくれよ。俺は、一度だって親父の力を借りて渡世したことはないぜ」

「そんなことは言われなくっても、おまえを見てりゃわかるよ」

俺はそう返答しながらも、少し解せないものを感じた。俺は、ここにたどり着くまでに君のようにスムーズには行かない。君のスタート地点はポールポジションさ。でも俺は随分と後ろの方になるんだろうな……。この差は一体なんなのか？　やはり、俺とおまえは違うんだよ。俺の気持ちに気づくことなく、柴田は言った。

「それから、さっき俺が言った、親父の会社のことや、政治家とのことは一応ここだけの話にしておいてくれ。それと、おまえが直接にその議員と知り合いだということにして親父の名は黒木には伏せておいて欲しい。親父にもそう伝えておく」

「ああ、もちろんそうするよ。おまえの親父さんに迷惑かけるわけにいかないから……それにその方が好都合かも知れない」

「親父のしでかしたことをいちいち庇うわけじゃないんだけど……一応、親父だからな」

柴田はそう言って苦笑いした。そして、今度は言いにくそうにして、俺に尋ねた。

「別に立ち入る気はないんだけど……よかったらそのわけを聞かせてくれないか？」

「悪い、つい夢中になって順序が逆になってしまったよ」

俺は、わけをすべて話した。柴田は自分のことのように腹を立て、俺に同情した。おまえの親父の話も帰って親父に話す。まったく、爪の垢でも煎じて親父に飲ませてやりたいよ、と自分の親父のことを嘆いていた。

他にまた何か困ったことがあったら遠慮なく言ってくれ、と柴田は助勢を申し出てくれた。俺は、今まで人に頼ったことがなかった分、これからも一人で充分生きていけると意気ごんでいた。しかし、それは大きな間違いであることがわかった。何かを始めようとする時、一人じゃ何もできないんだと……。

柴田や本田部長、そして葉子、その他大勢の人々の優しさに触れてそう感じた。親父の言っていた人脈の大切さが俺にもようやくわかりかけてきた。柴田は、二～三日中に連絡をすると言ってくれた。

その後も話が尽きず、久しぶりに柴田と二人で浴びるほど飲んだ。おかげで帰宅は午前様になった。それでも気分はよかった。二～三時間しか睡眠が取れなかったので、さすがに起きた時は辛かった。普段ならどうってことないんだが……。

俺の店は本来なら土、日曜の完全週休二日制なのだが、最近ろくに休みを取らず、まるで馬車馬の如く働いていた上、この間の急な出張が入り、少々こたえたようだ。それでも、なんとか出勤時間にはまに合った。

俺がデスクに着くと、いつものように絶妙のタイミングでユリちゃんがコーヒーを運んでくれた。彼女は、俺の疲れが一遍に吹き飛ぶような愛らしい笑顔を向けて言った。

「おはようございます、今朝はお疲れですね」

「そんなにわかりますか？」

俺は、見透かされたことを少し歯がゆく思いながら、テレて上目遣いにユリちゃんを見た。彼女はクスクス笑って、キッパリ言い切った。

「誰でもわかりますよ……目の下にクマができてます」

「ひどい？」

「少し」

彼女はクスクス笑ったまま炊事場に消えた。

俺はコーヒーを口に運んだ。すると温かい蒸気が両方の目に当たり心地よかった。目の下のクマに手で触れながらコーヒーを飲み干すと、俺はデスクを立って洗面所へ歩いた。洗面所の鏡で顔を映して見た。ユリちゃんの言った通り、情けないほど立派なクマができていた。

俺は手前の蛇口を捻ると、勢いよく出た冷水で顔を洗った。心持ち顔が引き締まったような気がした。ズボンのポケットからハンカチを取り出し、片手で顔を拭いながら決心した。今晩からしばらく走りこもう、と。

このくらいで顔に出るようでは、これから先が思いやられる。これからはもっとハードになる。体を鍛えなければ……。そう思って、ハンカチをもとのポケットにしまうと、洗面所の外で俺を呼ぶ声が聞こえた。俺が店内に戻ると俺を認めた従業員の三好が、仙台支社の足立から電話だと俺に告げた。俺は自分のデスクで、待ってましたとばかりに受話器を取った。

「悪いね、こんなに早く」

俺がそう言うと、仙台支社の足立の声がした。電話を通して聞く彼の声は、電話をするたびに感じるのだが、実際の声と違って聞こえる。しかし、話し方の癖で奴だとわかる。

「元気か？　この間は久しぶりに楽しかったよ」

「俺もだよ」

「で、早速だけど……この間、俺が引き受けた黒木貫志についての件なんだけどね」

「もう、何かわかったのか？」

「ああ、奴がなぜおまえの親父の会社を解体して売り払ったのかわかったよ」

「すごい！　俺が一番知りたかったことだ。そんなことがこんなに早くによくわかったね？」

足立はさらに声を弾ませて言った。

「いやあ、実は俺もこんなに早く事実がわかるとは思ってなかったんだけど、世の中は狭いってほんとだね」

「うん、うん」

俺はせっかちに返事した。足立は語った。

「この前話しただろ、俺の婚約者のこと」

「ああ、聞いた」

「昨日、彼女の家に招待されて家族と一緒に食事したんだ……その時、彼女の親父が確か、おまえの亡くなった親父さんと大学が一緒だったなと、ふと思い立って、知らなくてもともとだ……と思っておまえの親父さんの名前を出したら……」

「知っていたのか？」

俺は驚いて尋ねた。

「知ってたってもんじゃないぜ、親友だったらしい。亡くなったことを言ったら、そんな馬鹿な！　って嘆いてた……もっとも、十年は音信不通だったらしくて無理もないけど」

「へー、そんな偶然もあるんだな……」

「で、肝心な話！　知ってたんで詳しく話したら、その話なら直接おまえの親父さんから聞いたそうだ」

「ほんとかよ……信じられないね……」

「こんなに確実な情報は他にないだろう」

「まったくだね」

俺がそう同意すると、足立はいよいよ本題を語った。その内容は、実に悲惨で俺の復讐心をさらにかき立てるものであった。

当時の名、麻生貫志は財閥系企業の社長令嬢である冬子との結婚を、その父、即ち黒木雄一に猛反対された。冬子には許婚がいたし、奴は、親に即ち俺の祖父に勘当されていたというのだ。そんな奴との結婚など黒木雄一が許すはずなどなかった。しかし、肝心の冬子が奴にぞっこんで、親が言ったところで聞かなかったらしい。そこで、頭を痛めた黒木雄一が奴に条件を出したそうだ。それが、金だった。金額は定かではないが、言うまでもなく奴の用意できるはずのない大金であった。にも拘わらず、奴はそれをあっさりと用意したのだ。非情にも実の兄である俺の親父の会社を売り飛ばして……。

その後、奴は冬子と希望通り結婚し、一方親父は身辺を整理した後、友人の前から姿を消したそうだ。その時期というのが、あの事実上親父との最後の別れになった、俺が高校生の時のことになるのだろう。奴が親父を恨んでいたのは、どうやら勘当されていた事実にあるらしい。

親父は祖父に可愛がられていたようだから、そういう絡みもあったのかも知れない。俗に言う逆恨みってやつだろう。本田部長はこのことを知らなかったらしいから、彼は誰にも真実を話せないほどプライドが高かったのか？　それとも、それが彼の心の傷となって親友も作らず、女と遊んでばかりいたのか？　多分、両方とも正解だろう。本田部長は、彼は孤独だったと言っていたし……。一通り話を終え、俺は足立に礼を言って受話器を置いた。

よし！　これでだいたいの事情は把握できた。後はとりあえず、黒木雄一に会って事実を話し、彼の出方によって動くより他に方法は思いつかなかった。そう思っていた時、電話が鳴った。他の者の手が塞がっていたので、俺はそれを受けた。俺が店名を告げると、受話器の向こうで、パソコンの操作音をバックに元気な柴田の声がした。

「いや、夕べはご馳走さん……あっ、正確には今朝だな……。まだ少し酒臭いんだ」

「俺もだよ。ついでに目の下にクマも作ってしまった……」

柴田はその言葉に笑った後、用件を話した。

「例の件なんだけど、早い方がいいと思って、今朝、親父が朝食を食っている時に大まかに話したんだ。そしたら、ついさっきここに親父から田中先生に頼んでおいたと電話が入ったよ。だから、たぶん昼からになると思うけど、黒木雄一の会社から直接おまえの店に、アポイントの日にちと時間の連絡が入ると思うんだ」

「ありがとう、段取りが早いんで助かるよ」

「過保護だからな、俺は……」

「そんなことないよ、恩に切るよ」

「とんでもない、また俺にできることがあったら言ってくれ。……それと、約束通り親父の名前は伏せておいてくれ。おまえが田中議員と直接知り合いということにしておいてくれていいから」

「ああ、そうさせてもらうよ。親父さんによろしく伝えてくれ」

「言っとくよ、じゃ、また」

「ありがとう」

俺は受話器を置いた。いよいよ戦闘開始だ！　もう引き返せないと、俺は胸の中で新たな決意をした。

黒木雄一の秘書の青木から電話があったのは、昼の落ちついた時刻であった。

「先日はどうも失礼いたしました。私は黒木の第一秘書の青木と申します。麻生様が田中先生のお知り合いとは存知ませんでしたものですから……」

青木は、この間の電話での横柄な態度とは打って変わって、至って紳士的な口調でそう言った。まったく、権力というのは恐ろしい。

「いいえ、別に隠し立てする気はなかったのですが、お話ししたい内容が、少し個人的な用件も含んでいたもので……」

「それは、どうも気を遣っていただきまして……早速ですが、一応明日の午後二時から三十分のお時間なら取らせていただけますが……いかがでしょうか？」

「三十分ですか……」

申しわけなさそうに青木は言った。

「あいにく、今週は予定が詰まっておりまして……来週でしたら……」

と言いかけた青木の語尾に重ねて、俺は返事をした。

「いえ、手短にお話しします、明日の二時で結構です」

「そうですか、では、お待ちいたしております。失礼します」

「失礼します」

あっけなく用件だけで終わった電話に、俺はこれから立ちはだかろうとしている巨大な壁の輪郭すら予測できなかった。何が起こっても前進あるのみだ。振り払っても押し寄せてくる「不安」という概念と闘いながら、必死で「闘志」を呼びこんだ。

その晩から俺は走った。自宅の近くに最適のコースがあるのだ。それは、川沿いにずっと往復できるコースで一周は走ったことはないが、たぶん、往復四十〜五十キロはあるだろうか。車両通行止ではないが、ところどころに車を遮断するためのガードレールがあるため、さほど交通量も多くない。さらに、夜になればほとんど車は通らない。

実際に走ってみると、意外に同志が多くて嬉しい。お年寄りのご夫婦から、学生までいろいろな人々とすれ違う。競歩をしている人もいる。俺は走りながら、その人たちからパワーをもらったような気がする。

俺は、その日、一時間走った。走るのは苦しいが、なんとも言えない爽やかさがある。走っている人にしかわからない、言葉で言えないものがある。毎晩、走ろう、そう誓った。

9

午後一時五十分。まだまだ、残暑厳しい空の下、雑踏のオフィスビル街、俺はいつになく緊張した面持ちであのビルの前にいた。そう、黒木雄一の本社ビルだ。

いつも着慣れているはずのスーツが、まるで今日は借りもののようにしっくりこない。

巨大なビルを前にして、俺は後退りしたくなる気持ちを抑えながら、やや奥まった正面玄関に通じる階段を半ばやけくそで三段上り切り、両側に花壇のある煉瓦色の通路の中央を歩き、見慣れた商標が刷りこんである自動ドアの前に立った。俺は社屋へ入った。

一階は、まるでホテルを思わせるようなフロアーだ。フロントに代わる受付が正面にあり、受付に行くまでの左側の空間に、ロビーと同じように商談用の応接セットが幾つか並べられ、数組が商談をしていた。右手には大きなショーウインドウがあり、見慣れた商品やら新製品が美しくディスプレイされてる。俺はそれらを見るともなく目にしながら受付に歩いた。

商談中の数人が俺に気づき視線を向けたが、見知らぬ俺を確認すると無関心を装い、何事もなかったかのように再び話に熱中し始めた。俺は受付に視線を戻した。そこには、やはりそれらしい女性を置いていた。「本当に話すのだろうか？」と錯覚するほど、上品なお人形を思わせる女の子が二人。俺が近づくと二人とも立ち、笑顔で「いらっしゃいませ」と声を揃えて言った。そのうちの、髪の長い方の女の子が俺に向かって尋ねた。

「お約束でございますか？」

「はい、二時に社長様とのお約束で伺いました麻生と言います」

その女の子は、よく通る声で復唱した。

「社長とお約束の麻生様でいらっしゃいますね。しばらくお待ちくださいませ」

その声がフロアーに響くと、今まで無関心を装っていた商談中の全員が一瞬手を止めて、俺に注目した。すべての顔の中に「この青二才が直接社長に面談するとは……一体、何者だ？」と書いてあった。その顔の中の数人が俺に会釈した。たぶん、ここの社員だろう。

俺は会釈を返した。ほどなく、女の子は電話での確認を終え、俺に尋ねた。

「麻生様、お待たせいたしました。社長室はご存知でいらっしゃいますか？」

「いいえ」

「この受付奥のエレベーターをご利用されまして、最上階の左手、一番奥でございます」

「わかりました」

「これをおつけになってくださ い、お帰りにお受け取り致しますので」

女の子はそう言って、「お客様番号128」と彫ってある赤色をした番号プレートを手渡した。俺はそれを上着の胸ポケットにつけると、受付に会釈してエレベーターホールに歩いた。

その途中、廊下ですれ違ったダブルのスーツを着こんだ壮年の紳士は、そのお客様プレートに目をやると、丁寧すぎるくらいに深々と頭を下げて通り過ぎた。どうやら、このプレートの番号もしくは色で、誰の来客であるかが判断できるらしい。

両側に三台ずつ計六台あるエレベーターのうちの開いていた一台に乗りこみ、俺はドアを閉じた。最上階である十階のボタンを押し、フーッと一息ついた。不思議と緊張感は大分解れていた。十階に着くとエレベーターのドアは重そうにゆっくりと開いた。そこには人の気配はなく、エレベーターホールと垂直に廊下が延びていて、その廊下と平行して一定の間隔で幾つかあるドアの内側からオートメーション機器の音が漏れていた。

俺は受付で指示された通り、その廊下を左へ進んだ。廊下には、比較的、毛の短い赤茶色のじゅうたんが敷き詰められていた。廊下を突き当ると、さらに左手奥に社長室と表示されたドアがあった。この中で黒木雄一はいつも仕事をしているのだ。果たしてどのような人物なのか？　もし、この一件がなかったとしても興味深い人物には違いない。いくら三代目といえども大物である。先代を凌ぐ多角経営に取り組み、業績を上げていると報道されている。いろいろな雑誌の対談記事などで顔は何度か見たことがある。確か丸顔だった。しかし、思い出せるほど鮮明な記憶ではない。

俺はそのドアを三度ノックして、その場で待った。ほどなくドアは引かれて、葉子を彷彿とさせるような雰囲気を持った女性が応対に出た。

「麻生様でいらっしゃいますね」

彼女は、高慢な笑顔を湛えてそう言った。俺が肯定すると中へ誘導した。入ったところには、十五坪ほどのスペースでデスクが三つあり、大きな書棚とOA機器がゆったりと配備してあった。そこに男性一人と先ほどの彼女を除く女性一人が業務を行なっていた。社長づき秘書は三人いるらしい。その中の男性が、俺に丁寧すぎる笑顔を向けながら近づいてきて話しかけた。あの男だ。

「あなたが麻生様でいらっしゃいましたか。いつぞやの雨の日には、大変失礼をいたしました。そうそう、それに、確か一度お電話も頂戴致しましたよね？　私は秘書の青木と申します」

彼は、何食わぬ顔でそう言ってのけると、俺に名刺を差し出した。俺は冷静に、上着の内ポケットから名刺ケースを取り出し、自分の名前と肩書きが印刷された会社の名刺を手渡した。青木は、それを確認すると言った。

「早速ですが、社長がお待ちしております、どうぞ、こちらへ」

いよいよ、ご対面だ。青木はさらに奥にあるドアをノックしてから入り、俺は青木の後に続いた。ドアを入ってすぐのところに充分なスペースを用いた応接があった。大きな革張りのソファには、男性が四人は裕に座れるだろう。青木の指示で、俺がその大きすぎるソファに腰を降ろすと、身体が半分ほど沈んだ。次いでソファから革専用クリーナーの匂いがした。

この一角からは、正面にあるパーテーションのせいで黒木社長の顔は見えない。青木は黒木に取り次ぐため、そのパーテーションの向こうへ消えた。右手の壁面に目をやると、立派な絵画が掛けられていた。待っている間、しばしその絵を眺めた。

少女とも女性とも呼べぬあいまいな年齢の、ヨーロッパ系のふくよかな美人が二人、ピアノを囲んで譜面に見入っている。金髪の女の方が座ってピアノを弾いている。その傍らで赤毛の女が前かがみで立っている。柔らかい色彩のたおやかな絵である。絵は詳しい方ではないが……このタッチはたぶんルノワールだ。素人目から見ても、彼の作品からは優しさが滲み出ているのがわかる。

ここに座るものは誰しも、この絵から何かを感じざるを得ない。いかにも大企業らしい余裕の演出だ。会社の玄関からここに落ちつくまでにも、学んだことは多々ある。平凡に見えるすべてが、実は計算され尽くしたものの結果である、そんな気がした。

俺はドアの閉まる音で視点を変えた。青木が出て行ったらしい。正面パーテーションの擦り硝子越しに、恰幅のいい男の影が動いた。その影はパーテーションの端までゆっくり移動して、俺の前に現われた。俺は反射的に立ち上がって言った。

「お忙しいところ恐縮です。麻生と申します」

俺がそう言うと、男は予想に反し、人懐こそうに目を細めながら笑顔で言った。

「はじめまして、黒木です。まあ、おかけになってください」

そう言った黒木は、確かに恰幅はいい。しかし、もし、この場で会わなかったとしたら舐めてかかってしまいそうになるほど、その雰囲気には、気取りが微塵もなく、しかも気さくである。どんなに踏ん反り返った奴が現われるのだろうと構えていた俺は、一遍に拍子抜けした。が、座って話をしているうちに、それはとんでもない間違いであることがわかった。

黒木雄一は世間話を少し口にしたが、会話運びがスムーズで、巧みな言葉を用いるので、つまらないはずの話が実に面白い。女性秘書がお茶を運んできてできた間を利用して、黒木は鉾先を本題に変えた。

「ところで麻生さん、これからあなたがお話くださる内容について、恥ずかしながら、私は何も存知あげていないのですが……」

前もって用向きだけでも、告げておくのが筋じゃないかと言わんばかりである。こちらの側から言わせてもらえば、思惑通りである。黒木貫志に知られずに直で黒木雄一に会えたのだから……。俺は言った。

「申しわけありません……実は、折り入って、お願いがあってお伺いさせていただきました」

「ほう、そうですか。……で、田中先生を通してまで、私に直接というのは、やはり個人的な内容ですかかな」

「……話がややこしくなるといけませんので申し上げておきますと、田中先生とこれからお話することとは、一切関係ありません」

「お若いのに、よい人脈をお持ちですな」

「とんでもないです」

柴田が言っていた通り、よほど田中議員に頭が上がらないと見える。黒木は咳払いを一つした。俺は、この一瞬に神経を集中させ本題に入った。

「実は、御社の同系列会社で不動産部門の社長でいらっしゃる黒木貫志は、私の叔父なのです」

「ああ、そう言えば、彼の旧姓は麻生だったね」

素っ気ない返答とは裏腹に、黒木雄一の目は興味深げに輝いた。俺は続けた。

「話は随分さかのぼりますが、ご息女の冬子様と叔父の結婚は、あまり祝福されたものではなかったと聞いていますが……？」

「もう、昔のことだよ……」

「いえ、私の身内だからと、お気遣いは無用です。むしろ、私は叔父を軽蔑しております」

この言葉に少し黒木雄一は動揺し、身を乗り出しながら言った。

「軽蔑と申されましたか？　それは聞き捨てなりませんね。仮にも彼は今、黒木グループで社長の肩書きを持つ男です」

「そんなことは百も承知の上です。まあ、聞いてください……」

俺は、仙台支社の足立や本田部長からの情報で得た、冬子との結婚の際に用立てた金の出所、奴の素行、彼の行動のせいで一生を台なしにされた親父の生き様を語った。そして、ただ誰のためというのではなく、自分の信念に基づいた上での行動であることを告げた。

黒木雄一は俺の話を想像以上に熱心に聞いてくれた。思いのほか情の深い人である。そして、重そうに口を開いた。

「お父様が亡くなられたのは、いつのことです？」

「亡くなったのは半月ほど前ですが、知ったのは、ほんの数日前です……」

「それは……お気の毒なことを……なんと申し上げてよいか、お察しします」

と、俺に向かって頭を深く下げてくれた。俺は恐縮した。その時、ドアをノックする音がして秘書の青木が中へ入って来た。

「お話し中、申しわけございませんが、予定のお時間が参りました」

と、社長に告げた。黒木は青木に言った。

「次の予定は、確か……社内会議だったね」

「はい、そうです」

「大事な商談だ。会議の方は、しばらく私抜きで始めておくよう伝えてくれ」

「かしこまりました」

青木は、事務的にそう答えると早々に下がった。俺は話が長引いたことを黒木に詫びた。

黒木は、優しい口調で、それを否定し、その後に続けて言った。

「話はよくわかりました、あなたの言うことに嘘はないでしょう。それで、あなたの目的は?」

俺はためらうことなく言った。

「会社を取り戻したいのです。黒木貫志が、社長の椅子にのほほんと収まっているのが許せません」

黒木は多少戸惑いを見せたが、すぐに切り返した。

「私に彼を解任せよと?」

「それは願ってもないことです。しかし、それでは虫がよすぎるということくらい僕にでもわかります。ですから、あなたのお考えを聞かせてください」

俺の言葉を聞いて、黒木は腕を組み、目を閉じたまま暫く沈黙を保った。多分、一分も経過していないだろう……沈黙とは長く感じるものである。黒木は静かに目を開けて、そして、言った。

「あなたに三千万円で私の会社における権利をお譲りしましょう」

俺は金額の大きさに驚いて言った。

「三千万……ですか？ すると、資本金の三倍の額ですね」

黒木は苦虫を噛み潰したような表情をして、俺の質問に答えた。

「あなたの情報は少し古いようです、彼の会社は四年ほど前から目立って業績が上がりまして、今年の初めに増資してるんですよ。株主の所有率は同じなんですが……ですから提示した金額は私の持つ資本の額と同一です」

俺は思わず息を飲んだ。とても手の届く額ではない。黒木は重ねて言った。

「私にとっては言わば遊びのような会社だが、私の可愛い娘の亭主の会社から手を引こうというのだ。その金額をひと月以内に用意してもらおう、ひいては君のためにもなる」

「わかりました」

俺は短くそう答えた。

「しかし、社長解任については、親族は省いて社内の重役たちの承認だけは取ってもらいたい。それでもよろしいかな?」

「結構です」

俺は、そう言わざるを得なかった。重役たちの承認なんか、果たして取れるのだろうか?……。自信がなかった。が、その前に金を作る当てすらない。車を売って、貯金を解約し、有り金をかき集めたとしても五百万円足らずだろう。俺は黒木雄一の会社を後にした。

10

まず、俺は、五百万円用意した。今朝、仕事を抜け出して、中古車センターを三軒回り一番よい値で買い取ってくれる店に愛車のアウディを二百万円で売り渡した。

午後から銀行を二軒回り、自分名義の定期預金を解約した。そして、普通預金もすべて引き出し、利息も合わせて、トータル三百万円あまりだ。預金は、将来、これといって当てはないが、行きたくなった時に、ふらっとどこにでも行けるようにと、まあ、旅行用に貯めていたものである。まさか、こんな形で必要になるとは思いもよらなかった。

今、自宅のソファーに深々と腰を下ろして、ガラステーブルの上にその現金を置いた。百万円の束が四つとバラで残り百万円ある。合わせて五百万円。その傍らに、先日、仙台から持ち帰った親父の位牌……。しばらく、それらをしげしげと眺めた。

さて、どうしよう。

問題はこれからだ。

物思いに耽っている暇はない。

株は……？　よほどいい情報でも知っていない限り、大幅な値上がりは見こめない。じゃあ先物は……？　短期間で大儲けしようと思えば可能性はないこともないが、かなりのギャンブルだ。リスクも大きい。ここ数日、経済新聞を見ていてもほとんどの商品が下げている。競馬とどっちがいいだろう……まだリスクがない分、競馬の方がましか？　しかし、競馬は本当に時の運……困った。やはり、一か八か先物を選択するしか手はないか……。

俺は親父の位牌にそっと手を置いた。そして、そのままソファにごろんと仰向けになると、脇の夕刊を手に取り、広げて読んだ。あった、明日の運勢……牡羊座、ギャンブル運◎。

一面の窓ガラスに当たっては流れる雨の滴を、俺は作業椅子に腰掛けて見ている。ここは本社七階にある業務部第一課だ。会社の資金運用を行なっている部署である。昨夜考えていた先物を形にするために浮かんだのが、この課に配属された同期入社の伊藤の顔だった。彼とは入社時に一週間あった社員研修で初めて知り合い、ともに寝泊まりした。その後は別の部署で働くようになったため、今ではエレベーターで顔を合わすことがあれば挨拶する程度だが……。

目の前のデスクにふと目を落とすと、何やら小難しそうな資料の山でぎっしりである。このデスクはどうやら誰も使っていないらしい。この隅の二台のデスクから先は、まるで別世界のようだ。各デスクにはインターネットらしき画面が映し出されたパソコンが置かれ、皆が電話片手に忙しく操作している。聞き慣れない用語やら英語が、ポンポン飛び交っている。

「やあ、ごめん、ごめん、すっかり待たせてしまって……」

見るからに利発そうな伊藤が、笑顔で迎えてくれた。彼の薄い縦縞のカッターシャツの胸元には、業務部第一課〈課長〉のネームプレートが誇らしげに光っていた。俺は言った。

「忙しいところに急にお邪魔して悪かったな?」

「何をおっしゃる、正直言って同期の君が会いに来てくれて嬉しいよ」

彼はそう言いながら、隣の椅子にどかっと掛けた。

「そう言ってくれてホッとしたよ、ここの雰囲気は僕にはなんか場違いで……」

俺は頭をかいた。

「僕も最初にこの部屋に入った時、そんな感じがしたなぁ……懐かしい。でも、慣れてしまえばなんてことないんだけどね」

「それが、今では課長さんなんだね」

と、俺は彼のネームプレートを人差指でピンと弾いた。伊藤は照れた顔を隠すように、少し大げさに身を乗り出しながら言った。

「僕より君の噂はいろいろと、この課まで届くよ。優秀な人だとか、女性に人気があるとか……」

「そうかなぁ……ははは っ」

「で……わざわざこんなところまで来てくれたのは……わけあり？」

伊藤は不思議そうな表情で尋ねた。無理もない。今の俺は店舗勤務だし、直接なんの関わりもない部署にのこのことやって来たのだから……。

「実はそうなんだ……話せば長くなるから用件を先に言っていいかな？」

「どうぞー」

「君に個人的に資金の運用方法を教えてもらいたいんだ……」

「いろいろあるけどね……あり過ぎて何から話していいか……具体的に聞いていいか

な?」

「もちろん」

俺は待ってましたとばかりに言葉を続けた。

「一カ月以内……いや正確に言えば、あと二八日以内に、五百万円を三千万円に増やしたいんだ」

「うわぁー、かなり厳しいねー」

伊藤は腕組して考えているふうだった。しばらくして伊藤はふっきったような表情をして言った。

「無理だ、諦めろ!」

彼はそのまま椅子をくるっと一八〇度回転させて俺に背を向けた。俺は間髪置かずに、彼の椅子をまた自分の方にひっくり返すと懇願するように言った。

「そんなこと言わないで、頼むよー」

伊藤は笑って言った。

「冗談だっ、よっ」

「面白いねー、伊藤君!! からかってないで教えてくれよー」

「すまない……決してからかっているつもりはないんだよ……。しかし、資金が少ない上に期間も非常に短すぎる……。可能性があるとすれば商品先物取引だと思うんだけど、それでも資金不足だね」

「いくら足りない？」

「そうだね……せめて、資金が一千万、いや、一千五百万ないと難しいね。それでも余裕ってわけにはいかないけど」

「うわぁ！　そんなに……全然足りないじゃないか」

俺は、思わず左手で額を押さえた。伊藤はつぶやくように言った。

「それだけ用意できれば、来週あたりから期待できる商品もあるんだけどね……」

「因みにそれは何？」

俺は身を乗り出した。

「コーヒー豆」

「ああ、確か……まだ上場してからそんなにたってない商品だったかな？」

「そーそー、さすが麻生君だね。一昨年、上場したばっかりだ」

「いや、恥ずかしい……それは新聞でちらっと見ただけで、本当はほとんど皆無に近いんだよ。だから君に教えてもらおうと思って……」

伊藤は腕時計にちらっと目をやった。十一時を少し回ったところである。俺は言った。

「時間……大丈夫?」

「今、しばらくなら……コーヒー豆はね、ちょうどもう少ししたら南アメリカ地域で収穫時期に入る。在庫は品薄で順サヤになっているが、僕は今週で天井じゃないかと読んでるんだ。これから、面白い値動きが期待できるぞ!」

「天井って……? それなら買っても値下がりしていくだけじゃないのか?」

「それが、先物は買いからでも売りからでも参加できるんだよ」

「ふーん」

「実際に計算してみよう」

伊藤はそう言うと、目の前に積み上げてあったパソコンの印字ずみのプリント用紙を一枚切り取ると裏返しにして、カッターシャツの胸ポケットからボールペンを抜き、何やら書きながら話してくれた。

「コーヒー豆……一口、一袋で八万円だから……」

彼は同じ胸ポケットから小さな電卓を取り出すと、それを叩きながら言葉を続けた。

「今の君の手持ち資金をすべて使っても、限月に千円以上の値上がりは、まず見こめないから、やっぱり資金は一千五百万円はいるだろうね」

「はぁ、そうなんだ……」

もう、自力で用意できる金は一銭もない。不本意だが借金を頼んでみるしかないか……。かと言って幸せに暮らしている母に水をさすことはできない。結婚を目前にしている足立にも頼めない。しかし、やるしかないだろう。幸い俺には家庭はなく、兄弟もいない、借金しても困るような人も取り立てていない。前方より大きく呼ぶ声がした。

「課長ー」

見ると、部下らしき男が席を立ってこちらに目を向けていた。

「ちょっと失礼……」

伊藤は、言うが早いか部下の元に走り寄ると険しい顔で何か話していた。数分の後、彼は戻ってきて俺に告げた。

「悪い、急用ができた。続きは、君が資金を用意できた時ということでいいかな?」

「ありがとう、また、出直すことにするよ」

俺はそう言うと、右手を上げて席を立った。

「健闘を祈るよ」

伊藤は笑顔で見送ってくれた。俺は、業務部第一課を後にした。

俺は、廊下を歩きながら携帯電話で、本田部長に電話を入れると、本社ビルの地下の喫茶店に部長を呼び出した。部長はすぐに来てくれ、俺は部長に借金を依頼した。部長は快く承諾してくれたが、金額は二百万円だった。部長には、大学生と高校生の娘さんが二人いて、いろいろとお金が入り用なのだろう。自分が用意できる金は、それが精一杯なのだそうだ。

しかし、それでもありがたい。このご時世になんの見返りも期待せず、貸してくれると言うのだ。ぜいたくを言ったら罰が当たる。これで資金は七百万円。明日、早速借りる約束をして、次に柴田にも連絡をした。あいにく柴田は本社から外出しており、携帯電話の方へかけ直した。携帯はすぐにつながって、じゃあ、昼飯でも一緒に食いながら話をしようということになり、十二時にたまに利用する本社より徒歩七～八分くらいの店で待ち合わせた。

手もとの時計で確認すると、待ち合わせの時刻までには、まだ一時間あまりある。俺は一旦店に戻り、仕事の様子をうかがってから向かうことにした。外へ出ると、雨はすっかり上がっていた。

柴田と待ち合わせたこの店は、最近流行りのオープンテラスのある洒落た店だ。テラスは通り側に面しているため、座ると目立つ。この時期は、暑さのためテラスの利用客は少ない。俺も店内へ入った。

店内はかなり広いが、ちょうど昼時で、ビジネスマンとＯＬで賑わっていた。その中で、俺に向かって手を挙げた柴田が見えた。俺は笑顔でそれに答え、一段高くなっている奥のフロアーに足を踏み入れようとした時、いきなり右腕を誰かに捕まれた。

「麻生さん！」

見ると、その脇のテーブルで食事している本社営業部の女の子四人組であった。

「うわっ！」

俺は思わず声を上げてしまった。

「まあ！　失礼ね。まるで、私たちが化けものみたいじゃないの」

「いや、驚いたもんでつい……。じゃあ、柴田と待ち合わせだから、またね」

「きゃーっ、柴田さんもいるの？　ご一緒にどうですか？」

「ごめーん、仕事の話があるんだ」

「えーっ、本当に？　ざんねーん」

口々に口を開く女の子たちに手を挙げて、ようやく柴田の待つテーブルに着いた。

「相変わらず、芸能人みたいですね。麻生さーん」

柴田は茶化した。

「柴田と待ち合わせって言ったら、〝きゃーっ〟て。おかげで周りの注目を浴びちゃったよ」

柴田はそれを聞いて、先ほどの女の子たちのテーブルにすかさず手を振っていた。

「おまえって奴は……」

「まっ、いいじゃないですか。ところで話はなんでしょう？」

柴田は、俺に尋ねた。俺は少し間を空けてから答えた。

「うーん、食事した後に、コーヒーでも飲みながら話そうかな」

「別にかまわないけど、俺は」

「じゃっ、そうしよう」

俺たちは、ライス大盛りでランチをオーダーした。ここのランチは地中海料理でわりといける。

注文したランチは、すぐに運ばれてきて、俺たちは無言で食べた。そのとおり！　とてもおいしい。今日は、チキンのソテーにいろいろな野菜のたくさん入ったトマトソースがかかっている料理をメインに、アボカドサラダ、コンソメスープ、そしてライスだ。

俺たちは、十分ほどでそれらを食べつくした。俺は、手すきのウエイトレスにコーヒーを催促し、ほどなくコーヒーが運ばれてきた。俺は、それを一口飲むとようやく話を切り出した。

「実は、ちょっと言い辛いんだけど……借金を頼めないだろうか？」

「ひょっとして、例の一件で？」

「ああ、そうなんだ」

俺が詳細を説明すると、柴田は言った。

「いやー、非常にカッコ悪いんだけど……俺がかき集めて、すぐに用意できる金は百万円がいいところだなー。それでもいいかな？」

「もちろんだよ！　ありがとう」

「でも、それで八百万だろ？　全然足りないじゃないか」

「地道に集めるよ」

「あてはあるのか？」

「いや」

「親父に一緒に頼んでみる？」

「いいのかな？　そんなにお願いばかりしても……」

「お願いするのは、ただだからいいんじゃない？　でも、親父がどう言うか？　金にはシビアな人だからね。それでもいいんなら……」

「結果は二の次だよ、取りあえず話を聞いてもらおうかな？」

「じゃあ早速、今夜来る？」

「もちろん‼」

「それじゃあ、そっちの店が終わったら本社に来てくれ、一緒に帰ろう」

「了解！」

俺たちは一通り話を終えると、ゆっくりコーヒーを楽しんでから、店の前で別れた。出がけに、柴田はまたさっきの女の子たちに手を振っていた。

ここは、柴田の自宅。何度訪れてもやはり広い。鉄筋二階建ての一戸建てで、閑静な住宅街にある。俺たちは、二十畳以上はあるだろう、一階のリビングのソファで柴田の親父と向かい合って座っていた。事情を説明した俺に柴田の親父は口を開いた。

「話はわかったがね、なんの担保も保証人もなしに、五百万円の借金とは……いくら息子の友人でも、ちょっと虫がよすぎないかね？」

柴田の親父は、太い眉をしかめてそう言った。柴田は、その発言を慌てて取り繕った。

「親父！　そんな言い方はないだろう」

俺は言った。

「いや、そうおっしゃるのは当然のことだ。でも、なんとかお願いできませんでしょうか？　お借りした分は、何年かかっても支払いますし、利子も払います」

「うーんっ」

柴田の親父は、腕組みしてそう唸った。

「俺からも頼むよ」

柴田もそう言ってくれた。俺は、ソファから脇のじゅうたんの上に正座すると、土下座して言った。

「お願いします」

俺は、頭をじゅうたんに擦りつけたまま、返事を待った。柴田も俺と同じく、土下座して言ってくれた。

「頼むよ、親父！」

柴田の親父は、ようやく口を開いた。

「それじゃあ、保険の契約を取ってきなさい。五十口。それで、催促なしのある時払い、おまけに利子はつけないでおこう」

そうだ、柴田の親父の会社は総合保険会社である。

「親父！　五十口は厳しいんじゃない？」

柴田がそう言った後に、俺はすぐに言った。

「いや、それでいい。それで、よろしくお願いします」

「じゃあ、決まりだな。健闘を祈るよ」

柴田の親父はそう言うと、リビングから出て行った。入れ代わりに、柴田の母がお茶をトレーに乗せて入って来た。

「お久しぶりね、翔吾ちゃん。ごめんなさいね、お茶が遅くなってしまって……今日はね、お茶の先生のお宅で食事会があったものだから、今帰ってきたばかりなのよ」

そう言いながら、お茶をテーブルの上に出してくれた。柴田の母は、俺のことを翔吾ちゃんと呼ぶ。俺は言った。

「夜分にお邪魔して、どうもすみません」

「とんでもないわ、いつでも来てちょうだいね」

柴田の母は明るく陽気な人で、人好きのする人だ。年の割には若くてお洒落だ。柴田は顔も性格も母ゆずりである。柴田は言った。

「年甲斐もなく、母はお前のファンなんだよ」

「それは、どうも」

俺は頭をかいた。

「ところで、二人とも食事はしたの？」

「母さんが、遅くなるって言ってたから外ですませてきたよ」

柴田の母は、ニンマリとして言った。

「じゃあ、翔吾ちゃんに少しお酒をつき合ってもらおうかしら？」

「出たー！」

柴田はふざけて言った。

「あらっ、久しぶりなんだから、いいじゃないのねー、翔吾ちゃん？」

「はぁ」

「今日は早目に解放してくれよ」

柴田は笑って言った。

「まー、失礼ね、人をヒットラーみたいに……また、泊まっていけばいいじゃないの、ねー」

「ある意味、あなたは我が家のヒットラーだよ」

柴田は、ぽつりとつぶやいた。柴田の母は恐い顔をして見せて言った。

「何か言った⁉」

「いいえ、なんでもございません」

俺は二人の会話に笑った。

「翔吾ちゃん、ちょっと待っててね。すぐに用意してくるから……だって、あなたたちをつまみにするお酒は格別なんだもん」

そう色っぽい声で言うと、彼女はキッチンへ消えて行った。さすがは柴田の母である。

俺はその夜、本当に、この家に一泊することになった。おぼろ月が、隠れたり見えたりするそんな楽しい夜だった。

次の日の夕刻、俺は店を三好君に任せて早目に切り上げると、本社の一階ロビーで柴田と落ち合った。今朝のうちに、俺も含めて店の全員が生命保険に入ってくれた。柴田も企画室のメンバー、本田部長と彼女である篠原敦子をはじめ、他十二名の契約をとってくれた。全部で契約書は二一枚ある。

今度は、本社で退社しようとする社員たちを捕まえて、保険に勧誘しようという魂胆である。昨日、柴田の自宅から持ってきたパンフレット片手に、俺たち二人は一人ずつ社員を捕まえては口説いて回った。

種類はなんでもいいらしい。生命保険、自動車保険、火災保険等が主である。先に受付の女の子たち二人が、見かねて契約してくれた上、契約にも協力してくれた。なんともありがたい。しかし、それからはぷっつりと停滞してしまった。おまけに社長や重役たちが次々と退社して行ったので、しばらくは活動できずに退社時間のピークを逃してしまった。

腕時計は、八時を少し回っていた。受付の女の子二人にも礼を言って帰ってもらった。もう、今日は無理だろうと俺たちも帰りかけた時、昨日のランチ時に出くわした営業部の女の子たち四人組が、エレベーターから降りてきた。そして、俺たちに気づくと駆け寄ってきて言った。

「なんかついてるわー、私たち」

「ねーっ、昨日といい今日といい」

「これはもう運命かも……」

女の子たちは口々にそう言った。柴田は待ってましたとばかりに言った。

「今日は遅くまで残業だったんだねー。僕も、運命を感じてしまうなぁ」

女の子の一人が言った。

「ギクリ！　なんかいやな予感……何か企んでるでしょう？　柴田さん」

「いやー、彼女鋭いね。実はね、保険に入らないかい？」

柴田がそう言った後に、俺はすかさずにパンフレットを広げて説明した。

「えーっ、なんで？　興醒めだわー。どうしてこんなことしてるわけ？」

俺は言った。

「話すと長くなるから……お願いできないかな？　このとおり！」

と、俺は頭を軽く下げると両手を合わせて頼んだ。

「麻生さんがそこまで言うのなら……」

「ありがとう！」

彼女たちも、補強タイプのかけ金の安い生命保険に入ってくれた。柴田は少し不敵な微笑み方をして言った。

「あのねー、お願いついでにさー、他の営業部の連中にも声かけてもらえないかな？」

「どうしよっかな？」

柴田は言った。

「もちろん、ただでなんて言わないよ。一人につき契約書三枚で、カラオケのおごりということでどうだろう？　四枚なら、あの店のランチもつけようかな……ねぇ、麻生君」

「ああ、約束するよ。明日でいいから」

女の子たちは言った。

「うちの課は今、プロジェクト実行中で、ほとんどの人が、まだ残業しているわ」

「今から取ってくるわよ！」

「一人五枚ならどうなるわけ？」

柴田は言った。

「考えとくよ」

女の子たちはきゃーっと言いながら、今、降りてきたエレベーターで再び上へ上がっていった。俺と柴田は視線を合わせて、ニンマリ笑った。俺と柴田は、彼女たちを待つために、空いている受付嬢の座る椅子に、仲よく並んで腰かけた。

いろいろ話すうちに三十分が経過した。その時、エレベーターのドアが開いた。彼女たちかと思ったら予想に反して、騒がしく話しながら降りてきたのはヤローたちだった。その中に、資金部の伊藤の姿があった。

しめた！　と心の中で俺はつぶやいた。伊藤たちは、俺たちの前を通り過ぎようとして、俺たちに気づきギョッとした顔つきになった。伊藤は言った。

「ビックリしたよ！　随分、色気のない受付嬢だと思って……何してるの？」

俺は答えた。

「昨日の例の一件で……借金させてもらうためのひと仕事さ」

柴田は言った。

「伊藤君たちも、保険に入ってくれないかなー？」

「保険？」

伊藤は首をかしげながら、さらに続けた。

「そう言えば、事情をまだ聞いてなかったよね」

「飯でも行く？」

伊藤は誘ってくれた。

「いやー、今ここを離れられない事情もあるんだよね……ここでだめかな？　腹減ってるのに申しわけないんだけど」

俺は詫びた。伊藤は他の部下たちの都合を聞いて、少しの間ならという約束で事情を聞いてくれた。俺は、手短にすべてを話した。伊藤は聞き終えた後、トーンの高い声で言った。

「いやー、俺ねー、ちょうど保険に入りたいと思っていたところなんだよ、偶然だねぇ。なあ、みんな！」

「俺も」

「俺も」

皆、口々にそう言ってくれた。柴田は言った。

「八名様、ご契約ありがとうございます」

その時、先ほどの営業部の女の子たちが降りてきた。皆、契約書を上にかざしながら駆けてきた。

「取れたわよー、全部で一五人!!」

俺は、口に出して計算した。

「23＋4＋8＋15＝、えーっと50、50だよ!!」

「信じられない……」

柴田は言った。わずか一日にして五十件もの契約。俺は、急に目頭に熱いものがこみあげてきた。

「みんな、ありがとう！」

そう叫んで俺は頭を下げると、その頭が、なかなか上げられなくなってしまった。俺はこんなに涙もろかったかな……人間、愛がすべてである。

花曇りの空の下、通勤ラッシュの名残も何もないビジネス街を、俺は一人、足早に歩いている。手元の時計は午前十時五分前、約束の時間である。反対の利き手から、今まで味わったことのないどっしりとした重みが、薄っぺらいクラッチバッグとは裏腹に体全体に伝わっている。

バッグの中身は現金一千三百万円。全財産である。一千五百万には手が届かなかったが、事情を知った伊藤がこれでなんとかしようと段どってくれたのだった。

そして、今日から黒木雄一との約束の期限までの二十六日間、本田部長に頼みこんで特別有給休暇をもらった。三十階建てのグレーのビルの前で立ち止まり、大きなガラス扉を向こう側に押して中に入った。

エレベーターホールの前にある、会社名案内プレートでの伊藤から紹介してもらった証券会社の名を確認すると、エレベーターを待った。数秒でエレベーターのドアが開き、内からスーツを着て話しながら降りてきた中年の男たち三人と入れ違いに、俺は一人、エレベーターに乗り「CLOSED」と「9」のボタンを押した。と同時に、小さな音を立ててエレベーターは動き出した。

利用階でドアは開き、そのすぐ正面に会社名の入った自動ドアがあった。俺は鮮やかなグリーンのカーペットに足を踏み入れて、自動ドアの中へ入った。

「いらっしゃいませ」

口々に言う男女数十人の声に包まれた。

「どうぞ、こちらへ」

カウンター越しに若い女性が、手のひらを胸元で返して招いてくれた。俺はカウンターまで歩み寄ると立ったまま言った。

「十時にそちらの永竹さんとお約束しています麻生ですが……」

「どうぞ、そちらの席でおかけになってお待ちください」

彼女の手は、すぐ後ろの長椅子を示した。俺は短くそれに答え、その長椅子に腰を降ろして待った。内線電話を終えた彼女は、心地よい笑顔を湛えてカウンター脇の通路から出てきて言った。

「麻生様、どうぞこちらへ」

「はい」

俺は彼女の後ろについて歩くと、案内されたのは、一旦先ほどの自動ドアより外に出て、右手に回った、手前より二つ目のドアだった。彼女はそのドアを手前に引きながら言った。

「もうすぐ永竹が参りますので、こちらでお待ちください」

そう言うと、中へ俺を案内してドアを静かに閉めた。そこは四帖半くらいの狭い個室で、応接セットが一つだけ置かれてあった。そのテーブルの上にある電話機が、やたらと目だった。

俺は、奥のソファの方に腰を落ち着けた。白いクロスの側壁には大きなカレンダーが張りつけてあり、一月から十二月まで一目で見られる、文字と数字だけのものだ。コンコンとドアをノックする音がして男が入ってきた。

「はじめまして、永竹です」

男はそう挨拶すると、頭を下げ椅子の前に立ったまま名刺を差し出した。俺も席を立ってから言った。

「麻生です。どうぞよろしく」

彼と同じように頭を下げ、俺も名刺を差し出し交換した。受け取った名刺に目を落とすと、資金部　部長　永竹秀雄とあった。見るからに、まだ青年の域を超えていない彼が部長とは、いかに優秀であるかがうかがえる。何かスポーツをしていたのか？　体格のよさと太い眉が目を引いた。彼は言った。

「まあ、どうぞ。伊藤からお話は詳しく聞きましたよ。できるだけやってみましょうか」

伊藤とは、学生時代の同じ学部の友人だと聞いている。伊藤は、引き受けたいのは山々だが会社の仕事で目一杯とのことで、代わりに彼も一目置くという、この永竹氏を紹介してくれたわけである。俺も自分で直接取引きできるほどの自信はなかった。ここは、やはり専門家に任せた方が賢明だ。彼は個人的にも先物取引を手がけているらしい。

「ありがとうございます。ぜひともお願いします」

俺はそう言い、たがいにソファに腰を降ろした。彼はおもむろに話し始めた。

「ただ……最初に言っておきますが、麻生さんも充分ご承知だと思いますが、非常に期間が短すぎます。ですから、これは本当にかけだと思ってください」

「それは百も承知の上です」

「実を言いますと、お断りしようと思っていたんですよ。事情を聞くまでは……」

「そうでしょうね」

「でも、事情をお伺いして、僕にどれほどのことができるかわかりませんが。お手伝いしたいと思いました。麻生さん！」

「嬉しいです」

俺は力一杯そう言うとおたがいに握手を交わした。彼は、もう一方の手も添えてくれた。思わず俺もその上に手を重ねた。どちらからともなく力の入った堅い握手の前に、言葉はいらなかった。そして、顔全体に笑みを浮かべ、少し悪戯そうに彼は、片方の眉を吊り上げながら言った。

「手数料はいただきますよ」

「欲しいだけ……どうぞ」

俺はそう返答してニヤッと笑った。

その後、二人してなぜか大笑いをした。笑い声は四角い部屋を覆い尽くした。

11

自宅のパソコンとにらめっこして、早五日が過ぎようとしていた。俺は自宅のパソコンでチャートが見られるように、一応ホームトレードの申し込みを永竹氏に手続きしてもらった。永竹氏は当初、比較的相場の安定している小豆と伊藤が面白いと言っていたコーヒー豆を建ててくれた。しかし両方とも目立った動きもなく、横這いに近い状態である。まだ五日、なんとも言いようがない。しかし、こうも穏やかだと多少閉口する。今、後場三節まで、本日の立ち会いはすべて終了した。

「ふぅー」

溜め息が一つ出た。

いかに永竹氏が優秀と言えど、これだけ変化がないと手の打ちようがないだろう。

今日は金曜日。明日、明後日は、市場も休みだ。久しぶりに葉子に会おうか……。

俺は今、葉子と神戸にいる。そして、洒落た西洋のクラッシック造りふうな観光ホテルにチェックインしたところだ。内装も、ルイ王朝時代のフランス貴族の宮殿をイメージさせる。

フロントでルームキーを受け取った俺たちは、エレベーターを待った。先に一組のカップルが待っていた。俺たちより遙かに若い……学生か、もしくは新社会人か？　というところだろう。エレベーターが到着し、そのカップルが先に乗りこんで利用階の数字を押した。

俺は葉子を先に乗せると続いて中に入り、同じく利用階を押し、ドアを閉じた。老舗の百貨店を思わせる重厚なドアがゆっくりと閉まりエレベーターは動き出した。そのカップルたちの利用階で先にドアが開き、二人は俺たちを残して降りて行った。葉子は甘えたように俺にぴったりと寄り添い、小声でつぶやいた。

「素敵なホテルだわ……まるで異人館みたい……」

俺の手は、葉子の薄い背中を通過して、柔らかな二の腕を捕まえた。触れた場所の葉子の筋肉が敏感に反応した。葉子の見上げた視線と俺が見下ろした視線が絡まった。葉子の右手が俺の頬を包む……。俺はそのまま葉子に顔を近づけて、ごく、ごく軽いキッスをした。

再び顔を離すと、唇をすぼめたまま美しく微笑む葉子を横目に、エレベーターのドアが少し音を立てて開いた。二人は寄り添ってフロアーへ降り立った。ここは最上階……と言っても、たかが八階ではあるが……。俺は、右手で葉子の薄い肩を抱きながら、壁に示してあるルームナンバーを確認して左へ折れ、同じく左手にずらっと並んだドアのナンバーを一つ一つチェックしながら進んだ。結局、正面、一番奥の部屋だった。

俺は左手に持ったキーでドアを開けると、右手の葉子の肩をそっと押し、葉子を先に中へ入れた。俺はゆっくりとドアを閉じてから葉子の背中に続いた。そこは、空間だった。椅子もなければテーブルもない。三畳ほどの広さだろうか……。すべての方向にドアがあった。どのドアを開けるとその向こうはどういう部屋があるのか、さしずめ見当がついた。

正面の一番大きなドアの向こうは、ベッドルーム……左側のシンプルなドアはバスルーム……そして、両開きの右側のドアは、クローゼットというところだろう。葉子は、他のドアには見向きもせずに正面のドアを押し開けると、中へ入った。

「大きなベッド……」

その、葉子の言葉通りダブルベッドが部屋の三分の一を占拠していた。さほど広くない部屋のせいで、より一層、ベッドが大きく見えた。ベッドに美しくメーキングされた真っ白いシーツ……その上に、側面一杯の窓から、強い日差しが少しかかっていた。

葉子は、窓まで足早に歩き、シャーッと大きく音を立ててカーテンを引くと、その強すぎる日差しを、まるで邪険にするかのように遮った。

にわかに薄ぼんやりとなった中、葉子は俺に振り返ると、右手を自分の首の後ろへ回し、ノースリーブのワンピースの首に結んであった紐を、一気に引っ張った。気持ちよいくらい見事に、ワンピースはスルンと床に落ちた。代わりに、目を見張るほど艶めかしい、葉子の姿態が現われた。俺は、最高の興奮を覚えた。

葉子は、潜めた声で……悪戯っぽく誘った。

「リバーサイドホテルみたいに泳がせて……」

背中がゾクゾクした……。

俺は、ベッドサイドに崩れ落ちるように仰向けに横たわると、彼女の方へ向け、両腕をいっぱいに広げて、葉子を招いた。

「おいで……俺の可愛い人魚ちゃん」

葉子は眩しそうな表情をして、俺を見つめ返した。その瞬間、彼女の瞳に、もう釘づけになった。彼女は、瞳でものを言う。時間が止まった……。

葉子は、まるで、俺の身体を気遣うかのようにゆっくり、ゆっくりと身体を重ねてきた。身体が燃えるように熱い……。切ないくらいに愛しい葉子の身体を、今、俺は両腕でしっかりと抱き止めた。そして、たがいの本能で唇を重ね合わせた。

口づけは二人の思い入れで濃厚になった。ようやく唇を離すと、彼女の甘い吐息が俺の頬をかすめた。情熱的な葉子に、俺は獣と化した。彼女の細く美しい首筋が躍動している……。それを、思わず壊してしまいそうになるほどの衝動を味わった。

そのまま俺たちは、解き放たれた魚のように自由に泳ぎ……そして、一緒に夢を見た。

その一片の夢の後、閉じられたカーテンのごく薄い隙間から、先ほどよりやや柔らかくなった日差しが、ベッドの手前まで漏れていた。

葉子は俺の胸でうつ伏せに、身体を横たえていた。心地よいくらいの体重が、俺の胸にかかっている。俺は、その日差しをぼんやりと眺めていた。そのまま、どのぐらいの時が過ぎたのだろう。俺は少し、ためらいがちにようやく口を開いた。

「少し、話してもいいかな？」

「も・ち・ろ・ん」

彼女は、動かずに、ゆっくりとそう答えた。俺は、話し始めた。

「感覚を君に伝えたくなった……言葉というのは曖昧すぎてうまく伝えられるか？　自信がないけど……」

「どんな感覚かしら？」

「君に対する俺の気持ち……とでも言っとこうかな」

「それは……ひょっとして……告白ですか？」

「うーんっ、そうなのかな、やっぱり……感覚的には、少し違う気もするけどね」

「あァ、わかったわ。なんとなく……」

「あっ、それ！　まさにそれ。俺の言葉とか仕草に対する、何気ない君のそういう反応の仕方……グッとくるよ」

「嬉しい……」

葉子は俺の胸を撫でながらそう言った。俺は続けた。

「つまり、おたがいが、一を聞いて十を知る……そう感じているのは、俺の独りよがりかな？」

葉子は、身を乗り出して俺の目を真っすぐに見て答えた。

「いいえ。実は、私もそう感じていたの……あなたは私のかゆいところに手が届くわ。でも、言葉にするのは難しいし、口にする勇気もなかったの……」

「ほんと?」

「波長が合うのね、私たちって……以心伝心とでも言うのかしら?」

「うんうん! 男と女だから、正に、肌が合うって言うのはどうだろう?」

「素敵!」

「俺ね、思うんだけど……そういう間柄って、輪廻転生かなーって、たまに会えませんか、そういう人と……」

「そうね。何年かに一度くらいずつ……でも、その逆のパターンもあるけど……何につけてもまったくちぐはぐで、イライラする人……」

「ああ、そういう人とは、きっと前世が敵同士だったんじゃないかな」

「ええ、そうね、きっと。じゃあ、私たちの先祖はかつて恋人同士だったのかしら?」

「いや、違うね」

「えっ、じゃあ?」

「夫婦」

葉子は少し頬を赤らめて言った。

「それって……プロポーズ？」

「ははっ、そう思ってくれても、俺は一向に構わないけど……今は、まだ……やりたいことがある」

「それは男の人の逃げ口上？」

「違う、違う！　少なくても俺のはね」

「待ってろ、って言ってくれないの？」

「待たなくていいよ。自然で……」

「自然？」

「そう、それが一番、好きなんだ」

「そういう人よね、あなたって……悔しいけど、そこが魅力的」

「俺が言いたかったのは……もしかしたらこの先、君の驚くようなことが起こるかもしれない。でも、信じて欲しい、俺を……運命を」

「何が起こるの？　恐いわ……」

「わからないよ、あるいは……何も起こらないのかも……」

「でも、信じているわ。何があっても……」

「ありがとう」

俺は、葉子のおでこに軽くキスをした。「待っていてくれ」と言えないのは、俺のプライドなのか……？　そして、今までの会話は、まるでなかったかのような顔をして、俺はサラリと言った。

「うまいコーヒーを飲みに行こうか？」

葉子は、拍子抜けしたような表情で笑いながら言った。

「午後の曖昧な時間には、最適なアイデアだわ」


新鮮な空気の匂いがする。

俺たちはホテルを一旦出て、北野坂を異人館の方へ向かって歩いている。すれ違う他の恋人たちと同じように腕を組みながら。

この時間帯は、下って帰る人の方が大半のようだ。ぶらりとそのまま数百メートル、なだらかな坂を上がり、メインストリートから少し脇にそれた道に、その店はある。いつからか忘れた頃にまた、この店のコーヒーの味が恋しくなり、訪れるようになった。

俺は、店のドアを引いた。そのドアは、ちょうどいい具合に開いた。やはり、身体が力加減を覚えている。葉子を先に中へ通すと、ゆっくりとドアを閉めた。

「いらっしゃいませ」

マスターの元気な懐かしい声が響いた。店内は、コーヒーのなんともいえないよい香りが充満していた。十坪あるかないかのスペースに、カウンターのみ、二十席ばかり……。客は、奥から数えて五組ほど入っていた。

俺たちは入ってすぐの一番端の席へ掛けた。メニューはコーヒー数種類とミックスジュースのみだ。マスターは、水の入ったグラスとおしぼりを丁寧に目の前に置きながら言った。

「お久しぶりです」

微笑みながら俺は答えた。

「ご無沙汰しています」

さらにマスターは髭面の口元を緩ませて言った。

「初めてですね、女性をお連れになるのは……」

「……」

俺は、何も答えず、先ほどよりも綻んだ表情を隠すように、左手を口元に広げながらカウンターに肘をついた。マスターは言った。

「ブレンドでよろしいですか？」

「二つ、お願いします」

俺は言った。実は、女連れは初めてではない。さっきの問いかけは、マスターの洒落た演出なのか？　ただ、間違えただけなのか？　それは、定かではないが、間違いなく葉子は、上機嫌である。その葉子は、俺に尋ねた。

「マスターとは親しいの？」

「いいや、ただの客とマスターの間柄……嬉しいことにマスターが俺の顔を覚えていてくれている。けど、それだけ。俺は何も話さないし、マスターは何も聞かない」

「無邪気なあなたの笑い顔が、きっとマスターも好きなのね。あなたは意識してないけど、あなたは太陽のように笑う……それが人を引きつけるの」

「へーっ、何か照れくさいね」

その台詞……確か、前にも聞いたことがある。そうだ！　井上さやかに言われた……。

「ふとした瞬間、麻生さんはまるで子どものように笑われるんです」と……。

マスターは、カウンターの中で各容器に入った何種類かのコーヒー豆を目分量で取り、慣れた手つきでフィルター引きにした。そして、それを俺たちの目の前の二つのコーヒーカップの上にそれぞれフィルターをセットして入れた。

それに、何回にも何回にも分けて丁寧にお湯を注ぐ……。コーヒーの香りに麻痺していた鼻に、また、再び、香ばしい香りが届いた。この香り……なんとも言いようがない……言葉を忘れてしまうくらいに酔ってしまう。いつも、最高の贅沢を与えてくれる。

ほどなく、そのコーヒーは自分たちのものとなった。俺はカップを手に取ると、その味を確かめるようにひと口飲んだ。そうそう、これ……。コクがあって、渋味の少ない、まろやかな味。また、生き返った心地がする。俺はマスターの手隙を見計らって言った。

「マスター、二、三粒コーヒー豆をいただけますか?」

「……? おやすいご用です。どの豆がいいですか?」

「じゃあ、そのアラビカ種を」

マスターはにっこりと微笑みながら、軽くひと掴みの豆を俺の目の前のカウンターに置いてくれた。

「どうぞ」

マスターの手から離れた豆たちは、俺の目の前でパラパラパラパラとおのおの不規則な方向へ散らばり静止した。俺はマスターに会釈をし、豆を見つめた。ざっと二十粒くらいあるだろうか？　葉子は言った。

「何に使うの？」

「お守り」

俺はコーヒー豆を幾つか手に取りながらそう答えた。葉子は尋ねた。

「何の？」

「ふ・た・り・の……」

「嬉しい……。じゃあ、この豆を入れるロケットを二つ、私に買わせて」

俺は、葉子のコーヒー豆を掴んだ手に自分の手を重ね合わせて言った。

「ありがとう」

「どういたしまして」

それから、俺たちは、ゆっくりと時間をかけてコーヒーと会話を楽しんだ。

その、次の日も楽しんだ。

異人館に行った。外人墓地にも行った。メリケン波止場で鳥と潮風と海の青を身体中に感じた。

文字通り、丸二日間の束の間の休息だった……。

12

お気に入りの着メロで、携帯が俺を呼んだ。俺はそれを少し聞いてから着信した。

「はい、麻生です」

「永竹です。コーヒー豆の方はなかなか好調な滑り出しですよ」

軽やかな声で相手はそう言った。

「嬉しいですね。で、どんな具合ですか？」

「先ほど、コロンビアの一部の地域で収穫があったんですが、それが、毎年二万トンくらいの収穫を見こんでいる地域でね……」

「少なかったんですか？」

俺の声は弾んだ。コーヒー豆も小豆も買建てているので、収穫が少ないほど値が上がる。

「そうです！　八六パーセントほどだったらしいです」

「やりましたね」

「この時期は天候相場ですから、これからが楽しみです。これで、予算の約三〇パーセントクリアといったところですね」

「さすがは、永竹さん！」

「欲を言えば、もう少し上げられたんですけど……まァ、大事にいきましょう。期限まではまだ十六日あるんですから……」

「で、小豆はどうですかね？」

「今のところ穏やかな上げ相場ですね。小豆は、北海道の天候さえ注意しておけば、ある程度見通しがつくでしょう。花が咲いて結実するこの時期が大切ですのでもう少し様子を見ましょう」

「勉強になりますね。すべては、お任せします。永竹さん」

「わかりました。また何かありましたら、ご報告します。それでは……」

「ありがとうございました」

電話は切れた。俺は、携帯を切った手で軽くファイティングポーズしてしまった。

永竹氏なら本当にやってくれるかも知れない。嬉しい予感に胸は踊った。

期限の日より数えて十五日前

特に大きな変動なし……。

十四日前
小豆：天井を打つ前の最大の上げ相場。
コーヒー豆：変化なし。

十三日前
小豆：もう少し上げそうだが、九月に入って、今年は台風の直撃を受ける見こみがないという情報が後場二節で入って、仕切る。
コーヒー豆：変化なし。

十二日前
コーヒー豆：一本建てにしたところだが、久しぶりの円高で、安値をつける。

十一日前

変化なし。

十日前

変わらず……。

最初の勢いはどうしたのか？　収穫もなし、これといった情報も入らず、ついに期限の日よりひと桁を数えるに至った。今日は九日前……。それでも、永竹氏は微妙な値動きを利用して少しずつでも増やしてくれているらしい……。さすがである。でも、いくら彼とはいえ、このままの状態で期限の日を迎えれば、とても三千万円は作れまい……。いや、俺らしくない。思い直そう！　まだ勝負は最後までわからない。野球も二アウトからだ!!

しかし、よく降るなぁ、雨……。

その時、携帯がなった。

「麻生です」

「やりましたよ、麻生さん！」

永竹氏の息せき切った声が聞こえた。俺の鼓動は自然と早いリズムを奏で出した。

「できたんですか？」

俺は、興奮した声で尋ねた。

「いえ、それはまだです」

「すいません、早とちりでした」

「とんでもない、気持ちはわかります……でも、後、一歩のところまで来ました。三千万円台までもう一息のところまで漕ぎ着けました！」

「それは、凄い!!」

「このところの異常気象で情報が錯綜しましてね」

「そういえば、もう連続四日間雨ですね」

「ええ、日本ではね……でも、ジャマイカの方では、異常乾燥注意報が何日も発令されていまして、先ほどボヤ騒動がありました」

「山火事ですか？」

「そうです、でも、一部が焼けましたが、大事には至りませんでした。収穫には、あまり問題はないようです。今は、また、値を戻しています」

「ドキドキしますね」

「なんか、いけそうな気がしてきました。こんなに楽しんで仕事しているのは久しぶりです」

「それは、何よりですね」

「では、これで……。また、何かありましたら、すぐにご連絡しますよ」

「お忙しいところ、ありがとうございました。失礼します」

「では……」

電話は切れた。やはり、諦めるのは早かった。俺には運があるんだ！　昔から……。

そうだ、コーヒーを買いにいこう。飛び切り極上の……。久しぶりに葉子にも会おう。そして、二人でコーヒーを飲もう。

ささやかな、前祝い……。


あれから大きな事件は起きていないものの、永竹氏の腕のおかげで順調に伸びている。今日は、期限の日の三日前。

スパゲティでも作ろうかとふと思い立った。昼に近い時間に起きて、さっき牛乳とパンでブランチをすませたところだ。夕食までの時間はたっぷりある。

俺は、携帯電話をジーパンの後ろポケットに押し込むと、部屋を出た。マンション下の駐輪場まで外側の階段を利用して表に出た。車を売り払った俺の足は、専ら自転車だ。

俺はマウンテンバイクにまたがり、勢いよく右足でアスファルトを蹴ると、タイミングよく左足から漕ぎ出した。風が心地よく肌をかすめた。いーい天気だ……。このところ快晴の日が続いている。

この坂道を下って右へ曲がると、スーパーマーケットまでは、一直線で二分くらいかな……。その坂道をブレーキをかけずに下った。坂道は八〇メーターくらいと、なだらかだが、かなり長い。坂道を七分目ほど下ったところで、左側から、突然物体が地面を這って猛烈なスピードで突進してきた。

「うわっ、あっ‼」

俺は、思わず声を上げた。のら猫だ‼　すぐに急ブレーキをかけ両足を着こうとしたが、バランスを崩してしまった。しまった！　俺はその猫をよけようとして無様に、そのまますっころんだ……。

スライドするようにころんだため、幸いひどい怪我はなさそうである。が！……右肘が痛んだ。見ると、肘から下を派手に擦りむいていた。じわじわと血がにじんできた。顔を上げると猫と目が合った。猫なりに、申しわけないと思ったのだろうか？　そのまま逃げずに渡りきったところで立ったままこちらの様子をうかがっていた。

俺は立ち上がり、右腕をかばいながらも、自転車を立てた。辺りには人気がなかったようだ。

「いいよ、人に見られてなかったから、許してやるよ、猫ちゃん……」

俺は、猫に向かって小さな声でつぶやいた。猫はニャンと小さく鳴くと、ゆっくりと歩いて行ってしまった。その時、携帯が鳴った。俺は、道路の左側に寄り、再び自転車にまたがると、両足をしっかり着いてから携帯を取った。

「はい……」

「麻生さん！　大変なことになりました!!」

永竹氏のその大声にびっくりして、また転びそうになったが、今度はなんとか立て直して返答した。

「何があったんです？」

永竹氏は、声をつまらせながらもハッキリと言った。

「ブラジルは大豊作らしいです。なんでも一二〇パーセントを裕に超えるとか……一週間以内には収穫されるらしいです」

「そんなにすごいことなんでしょうか？」

「残念ながら……。ブラジルは世界生産高第一位です。しかも、全体の半数以上になります。それが、一二〇パーセントだと……」

「そうですか……」

「ほぼ、後三日以内の値上がりは望めません。他の商品と買い替えて、できるだけ戻しましょうか？」

俺は全身の力が抜けていくのを感じて、うつむいた。その視線の先にシルバーのペンダントが光った。葉子とペアでお守りにした、あのコーヒー豆を入れたロケットだ。

先ほど転倒した時に、Tシャツから飛び出したのだろう。永竹氏は言った。

「どうします？　今も値を下げ続けています。ストップ安まで下がるのも時間の問題です。このままでは、数日で確実に買値を大幅に下回ります」

俺はロケットを握り締めて言った。

「今から他の商品に買い替えたとしても……とても三千万までは……」

「そうですね……、私の力不足です。申しわけありません……」

「いえ、あなたはよくやってくれた。充分ですよ」

「今、買い替えて、せめてプラスマイナスゼロまでにしましょうか？」

「いえ、無用です。納会までは、まだ日がある。たとえ無理でも期限の日まで、このままで……。それより急ぎのお客さんを優先してあげてください」

「わかりました。また、連絡します。では……」

「ありがとうございました」

俺は携帯を切って、自転車の向きを変えた。

「やはり、料理をしようとしたのが敗因だ。やりつけないことはしない方がいい……。料理は止めよう……」

俺はぶつぶつと小声でつぶやきながら、ゆっくりと、今、下って来たばかりの坂道を自転車を押して、登った。

「行きはよいよい、帰りは恐い……か……クソッ!!」

と、目に入った石ころを蹴ってやろうと、右足を思いっきり振り降ろしたが、見事に空振りした。余計にストレスが溜ってきた。

「どうも今日は日が悪い……こういう日はおとなしく家に帰るに限る」

俺は、帰路を急いだ……。
失意のどん底。
ここは、どこだろう？
会社だ……。本社の企画室……!?
俺は、仕事をしているのか。
あっ！　なんだあれは!!
向かいのビルから、黒煙が……！
火事だ!!
うわァ、火が上がったぞ、すごい勢いだ。
助けなければ……。
でも、どうやって？
一体、誰を？
あっ！　こっちのビルにも引火した!!
窓ガラスを割って火が入ってきた。
逃げなければ……。

あ————っ!!

俺のカッターシャツの袖口に火が……。

消えない、広がる。

ワイシャツがもう火達磨じゃないか!?

ああッ、右腕が痛い……。

スラックスにも火が移った……。

もう駄目だ。

助けてくれ————っ!

誰か————。


俺は飛び起きた。目が覚めた……。

ここは、自宅のソファの上。火などどこにもない。俺は、顔面を両手で覆った。その時、右腕がリアルに痛んだ。目をやると、自転車で転んだ時の傷だった。

「ふうーっ」

床に足を投げ出すと、夕べ夕食代わりに飲んだビールの缶が幾つか、テーブルの上から床にコロンコロンと音を立て、転がり落ちた。壁掛時計は、深夜午前二時少し前……。

俺は、無我夢中で携帯電話を探った。ジーパンのポケットに差しっ放しだった。それを、すぐさま引っぱり出して、急いで番号をプッシュした。相手はなかなか出ない。当たり前だ。

「もし……もし……?」

世の中の大半は夢の中だろう。諦めてもう切ろうかと思い直したとき、彼女は出た。

「葉子」

「あそ……う……さん?」

「ああ、すまない起こしてしまって……」

葉子は、落ちついた様子で優しく言った。

「いいのよ、言ったでしょう? 私はいつでもあなたのそばにいるわ……。何があっても」

その言葉は俺を包みこんでくれた。俺は言葉が出なかった。相手の都合も考えず電話してしまった、この俺に……。

「……麻生さん?……わかったわ、悪い夢を見たのね。そうね?」

「ああ。でも、君の声を聞いたら落ちついた、ありがとう」

「あなたが、悪い夢を見たのは、きっと私があなたの熱帯魚を取ってしまったせいね」

「ははは っ、そうだね。きっと、そうだ！」

俺の身体は、落ちつきを取り戻した。

「……おかしい？」

「全然……。その熱帯魚たちをいつでも眺められるようにするには、君にプロポーズするしかなさそうだね」

「そのようね」

二人とも、受話器の向こうで小さく笑った。

葉子が優しく言った。

「眠れそう？」

「眠れそうだ。もう、休もう……」

「もう、夢など見ないで……何も考えずに、オヤスミ……」

「おやすみ」

俺は、携帯電話を静かにテーブルに置くと、再び横たわり、眠った……。

朝、俺は寒さで目を覚ました。よく眠ったが、クーラーをつけっ放しで、何も掛けずに寝ていたため、身体が熱っぽい……怠い。どうやら風邪を引いたらしい。

俺は洗面所へ立ち、ビタミン剤の瓶を手に取り、規定の量より、かなり多目に手のひらに出した。それを一気に口の中に放りこむと、コップに水を溜めて流しこんだ。そして、洗面所を離れ、今度はベッドに潜りこんで、再び眠った。

今度、目を覚ますともう夕刻だった。できるだけ毎晩、走りこんだ成果が出たのか、ぐっすり眠ったおかげで、熱は冷めたらしい。身体が楽だ。

その晩、葉子が心配して来てくれた。葉子は夕食を作ってくれた。久しぶりにまともな食事にありつけた……。そして、俺の狭いシングルベッドで一緒に眠ってくれた。

しかし、携帯は鳴ることがなかった。

今日は期限の日の二日前……。

13

そして、あっけなく黒木雄一と交わした期限の日が来てしまった。商品先物は、あの日以来、天井を打って逆サヤになり、見たこともないような大幅な下げ相場だ。手仕舞いしなくていいとは言ったものの、納会は来月である。このままでは、莫大な借金だけが残るのはほぼ確実である。

運を天に任す、というほど俺はまだ老いぼれてはいないが……。もはや、どうすることも……。野球は二アウトからじゃなかったのか？　俺の運もここまでか!?　一飯の徳も必ず償い睚眦の恨みも必ず報ゆ……。そう強く念じ、ふと何気なく窓の外に目をやった。

さて、何からやらかそうかと、なぜかぼーっとその見慣れた景色を眺めた。すると、目の前に、信じられないような光景が広がった！

今の今まで、穏やかに晴れていた空に、凄い速さでどす黒い雨雲が、見る見る空を覆い尽くしたのだ。にわかに周りは薄暗くなった。そして、ガラガラ……ガラガラ！　と雷まで鳴る始末。次に、ドーン！　と、腹の底まで響くような雷が聞こえたかと思うと、今度は、ザーッといきなり雨が降ってきた。

一体全体、どうなっているんだ！　梅雨時分でも、こんなに一変した空は、見たことがない……。

すると今度は、二〜三分もしない間に雨がやみ、そのどす黒い一面の雨雲の中に一筋の光の線が入ったかと思うと、その線はどんどん広がった……。天が割れた！　まさしくそんな光景だ。その割れた隙間から、オーロラのように柔らかい光が降りてきた。その光はやがて閃光になり、地面ではなく……何と、俺の方に向かって物凄い速さでやってきた！

一体、なんなんだ！　ぶつかる‼

「うわぁ！」

俺は、逃げる暇もなく、その光の衝撃をまともに眉間の辺りにくらった。不思議と痛みはない。が、ショックで軽い目まいを感じ、一瞬、視界がぼんやりとしていた。ピーッというパソコンの機械音ですぐに我に返った。恐る恐るパソコンに目をやると、足下から鳥が立つ如く……俺は身震いした。

ブラジル、サントスに降霜！

その文字はディスプレイの中央に現われ、点滅した。俺は、きょとんと鳩が豆鉄砲を食らったような世界一すっとんきょうな顔をしていただろう。

今一度、パソコンの画面越しの窓に目をやってみた……。そこには、穏やかに晴れた空の下に広がるいつもの景色があるだけだった。そして、再びディスプレイを見た。


ブラジル、サントスに降霜！


俺は、思わず右手で首からぶらさげているコーヒー豆の入ったロケットのお守りを握り締めていた。これが事実なら、先物市場の急騰はほぼ間違いない。後は証券会社の永竹氏の腕次第だ。まさか、永竹氏は気を利かせたつもりで買い替えたりしていないだろうか？

頼む!! 俺は目を閉じて一心に祈った。夢なら覚めないでくれー。

そして、約十分後、携帯が鳴った！

「はい、麻生です」

緊張を隠せぬ口調で、俺は電話に出た。

「できました！」

声の主は、間違いなく永竹氏。

「ヤッタぁ!!」

俺は、思わず口に出してそう叫んだ。永竹氏は、言った。

「しかし、まあ、約束の日に、すごい事件が起こったもんですよね……。信じられません」

「じゃあ、ブラジル、サントスに降霜があったってのは、本当なんですか……？」

「どうして、そのことをご存じなんですか？　この情報は、マーケット関係者しか知らないはず……」

「それが、今しがた、自宅のパソコン画面に情報が現われたんですよ」

「おかしいですね……そんなはずはないと思うんですが……」

「はぁ……」

「まぁ、何はともあれよかったじゃないですか。麻生さんは、ほんと、強運の持ち主ですね。何年かに一度起こるんですよ。降霜でやられる事件が……」

「しかし、ラッキーとしか言いようがない」

「ですね……」

「ところで、現金はすぐ用意できますか？」

「ええ、なんとかしましょう、と言いたいところですが……ここは一つ、私と取引しませんか？」

「と、言いますと？」

「三千万円は、私が銀行小切手で用意しましょう。しかし、建て玉はこのままにしておきます。ここ数日で倍以上になるのは間違いありません。もし、万が一そうならなくても三千万を返せなどとは言いませんのでご心配なく……」

「私の方は、それでなんら構いません」

「落胆させたお詫びの印に、あなたの借金して作った資金分を私からプレゼントしましょう」

「それは本当ですか⁉」

「はい、その代わりそれ以上は、私の手数料としていただきます。私の腕をご覧にいれましょう」

「いや、さすがです！　後ほど、小切手を取りに伺ってよろしいでしょうか？」

「はい。私はお会いできないと思いますので部下に渡しておきます」

「お願いします」

「では……これだけの大ニュースですので、これからマーケット終了まで相当パニックになるでしょう。すみませんが、この辺で失礼します。後ほどお待ちしております」

「よろしくお願いします。お忙しいところ一番にどうもありがとうございました。では、後ほど……」

俺が言うが早いか、電話は切れた。そりゃそうだろう。今、こうやって話していた間にも、客からの電話は殺到していただろう。

しかし、本当に信じられない。俺は両手で自分の頬を、バシバシと二回幾分強めに叩いてみた。どうやら夢ではないらしい。何から手を着けていいのやら……嬉しさのあまり、わからない……。俺は、取りあえず、コーヒーを入れることにして、キッチンへ立った。

俺は愛しいコーヒー豆を、缶から一握りほど取り出して、ミキサーにカラカラと入れた。スイッチを入れるとジャーという音とともに、あの心地よい香りが部屋に広がった。俺が、こよなく愛したコーヒーで、こんなに素敵な夢を見させてもらえるとは……。

煎りたての豆をコーヒーメーカーにセットして、落ちてくるのを立ったまま見ていた。それを、大きめのマグに注いだ。そして、右手にそれを持って窓際へ歩くと、大開口の窓をゆっくり開けてベランダへ出た。

そこに見えるのは、いつもの人工的な風景……。狭い道路を挟んで向こう側には戸建ての住宅街がその一角を占拠している。そのまた向こう側には、公団住宅が五棟ある。手前の戸建住宅のお陰で、なんとか部屋の中からでも天は仰げるのだが……。しかし……さっき起こった現象はなんだったんだろう？　再び、空を見上げても同じだった。晴れた空が、ただあるだけである。俺は、ベランダの手摺りに少し寄りかかってコーヒーを一口飲み、しばらく空を眺めた。

おやじ！……まさかね……。

さあ！　何はともあれ、これであの一等地にそびえ建つふんぞり返ったビルに堂々と乗り込むことができるのだ。俺は、優越感に浸りながら、そのままベランダでゆっくりとコーヒーを飲み干してから部屋に入った。

俺は声を立ててひとしきり笑ってしまった。事実は小説よりも奇なり……とは、このことである。不思議なことはあるものである。しかし、俺はまぎれもなく、まんまと三千万円を手に入れたのだ。

今頃、マーケットは、盆暮れ正月がいっぺんに来たような忙しさだろう……。永竹氏の心中をお察しする。しかし、彼の先ほどの自信からして、その倍ぐらいにはする気でいるのだろう。彼ならきっとやるはずだから、それでもあまりあるだろう。

俺はもう一度ソファに座り直し、携帯で電話をかけた。

「はい、社長室、青木でございます」

電話の相手はすぐに出た。そうだ、黒木雄一の会社の社長室直通電話をプッシュした。

「麻生ですが、社長さんをお願いします」

「アソウ？　あっ、ああ、しばらくお待ちください」

秘書は思い出したようである。ほどなく、黒木雄一の声が聞こえた。

「麻生君か？」

「はい、そうです。今日が確かお約束の日だったと思いますが……」

「ああ、そうだ。……で、どうだったね？」

「用意できました。お約束どおり所有されている株を売っていただきます」

「用意したというのかね！　まさか、君……」

黒木雄一の声のトーンが跳ね上がった。

「いえ、お考えのようなことはしていません。あくまでも正攻法です。ただ、運がよかっただけとも言いますが……」

「ほーう、しかし、運も実力のうちだ」

「ありがとうございます」

黒木雄一は少し間を空けてから言った。

「明日の午前十一時、現金を持って私の会社へ来なさい。彼……君の叔父さんにも会ってもらおう。よろしいかな?」

「わかりました。では明日……」

電話はそれで切れた。

今夜は、また別の意味で、眠れそうもない。

14

心地よい風が俺の頬を撫でていく。少し長めの前髪があおられた。ひんやりとしたその風は、気づかぬ間に秋がすぐそこまで来ていることを感じさせた。そういえば日差しも、さほど強くはない。

俺は、いつかと同じように、このビルの前に立っていた。煉瓦色のビルは相変わらず巨大ではあったが、あの時ほど威圧感はなかった。それもそのはず今日は頼もしい助人がいるのだ。俺の両脇には本田部長がいて、柴田がいる。昨日二人に話したら、ついて行くの一点張りだった。

アクション映画じゃあるまいし相手さんも「一人で来い」なんてことは言っていなかったし、まァ、それならとお目付役として来てもらおうってことになったのだ。

「ふーっ」

俺の口から思わず吐息のもう少し大きいのがついて出た。本田部長がポンポンと俺の左肩を軽く叩いて言った。

「大丈夫だ、親父さんがきっと見守っていてくれる」

「はい」

俺がそう返事をすると、本田部長は口元をギュッと締めて、よし！　とうなずいた。

「そろそろ行きますか」

柴田が微笑んで言った。

「ああ」

俺たち三人は数段の階段を落ちついた足取りで上がり、正面玄関の自動ドアを開けた。

「いらっしゃいませっ」

と、二人の受付嬢は以前と同じように、起立をして丁寧に頭を下げた。俺たちは受付へ歩み寄った。そうすると、髪の長い彼女の方が俺が名乗るよりも早く口を開いた。

「麻生様でいらっしゃいますよね」

「そうです」

「お待ちいたしておりました。どうぞ、ご案内させていただきます」

その彼女は俺たちを先導してエレベーターホールへ誘導し、その中へ招いた。俺たちは緊張した面持ちで敏速に乗りこむと、彼女は十階を押してドアを閉めた。十階は社長のエリアだ。柴田がわざと声を低くして言った。

「おもちゃ売り場をお願いします」

「おまえって奴は……」

と柴田は本田部長に頭を小突かれていた。

彼女はクスクスと声を殺して笑い、その背中が大きく揺れていた。お陰で緊張が解けてよい雰囲気になった。本当に二人がいてくれると心強い。まるで、いつもの仕事の商談にでも行くかのような気楽な気持ちになれたから不思議だ。

俺は柴田を指さして、彼女に言った。

「いるんですよね、こんな奴」

彼女は笑って言った。

「たまーに、おられますね」

エレベーターは十階に到着し、俺は二度目の社長室への道程を歩いた。社長のドアの前まで来て、彼女は小声でおもむろに言った。

「私、あなた方のファンになりました。なんの商談かは存知ませんが、成功しますように祈ってます」

俺と柴田はそれに応えて、二人とも同じように親指を立てた。部長は、微笑ましそうな顔をしていた。彼女はドアをノックして幾分、大きな声で言った。

「麻生様がお見えです」

ドアが開くと彼女は一礼してその場を去った。

秘書の青木が立っていた。俺は、どうもこの男が苦手だ。人を疑ってかかるようなこの目つき、高飛車な態度……。青木は俺たちを見るなり言った。

「これは、これは、本日は、保護者同伴ですかな?」

「いえ! 目付役です」

俺が答えるよりも早く、柴田がムッとした表情で言った。やっぱりやな奴……。

「それは、失礼しました。社長がお待ちです。奥へどうぞ」

俺たちは奥へ案内され、社長室へ入った。黒木雄一はもう、すでに応接椅子に腰掛けており、俺たちを見るとその場で起立して言った。

「これはお揃いで……こちらは?」

「はい、どちらも同じ会社のもので、こちらが、私の上司、兼、父親代わりの取締役本部長……」

俺がそこまで言うと、本田部長は名刺を差し出して名乗った。

「はじめまして、本田と申します。彼の父親の会社に以前、お世話になっていました」

「ああ、そうでしたか……黒木です」

黒木雄一も、名刺を差し出した。

「こちらは、私の同僚、兼、親友です」

「柴田です」

黒木雄一は彼とも名刺交換をした。

「ま、お掛けください」

客用ベンチシートは長く、男三人が余裕をもって座ることができた。俺は真ん中にかけた。俺の左横に本田部長、右側に柴田、ちょうど向かい側に黒木雄一が座り、最後に秘書の青木も黒木の傍らに同席した。そして黒木雄一は言った。

「誠に失礼ですが、正直言って本当に用意できるとは思っていませんでしたよ……」

「ははっ、でしょうね。私自身も思っていませんでしたから……」

俺は答えた。

「正直な方ですな」

と、黒木雄一は眉を下げた。そして続けて言った。

「早速ですが、まず現金を改めさせていただきましょうかな」

「はい」

と、俺は背広の胸のポケットから白い封筒を取り出し、そのまま黒木雄一の方へ向けてテーブルの上へ差し出した。秘書の青木が言った。

「改めさせていただきます」

「どうぞ」

俺がそう答えると、青木は封筒を手にし、中の銀行小切手を確認した。

「間違いないようです」

と言った。

「では……」

と黒木雄一は青木の方に片手を出すと、青木はA4サイズの茶封筒から書類を取り出し、その手に、手渡した。黒木は続けた。

「これは、昨日うちの顧問弁理士に作ってもらった株式譲渡の契約書です。私と麻生さんの分と二部あります。どうぞ、もう一方と目を通してもらえますかな」

黒木は俺に二部とも、手渡した。

俺はその一部を本田部長へ渡した。部長と俺は同時に目を通していった。表紙には収入印紙が貼ってあった。甲の覧には黒木雄一の会社の角印とサインがしてあり、乙の覧は空白になっていた。

内容には問題がないようだ。黒木雄一の所有する黒木貫志の会社に関してのみの株券を、すべて譲渡するという内容が記されてあった。

「よろしいですかな?」

黒木雄一は俺たちが確認したのを見計らって問うた。俺は言った。

「はい、別段、問題はないようですね」

部長と俺は、目を通した契約書を机に置いた。その書類を、秘書の青木が広げながら説明した。

「この契約書の乙の欄に麻生さんの署名と実印をいただいて、あとは、ここに捨印と割印を押していただければ、その時点から、権利が発生します。ただし、急なことですので、実際の株券の引き渡しは後日、麻生さん宅まで、私が責任を持ってお届けに伺う、ということでお願いします」

「間違いありませんか?」

本田部長はそう言って念を押した。

「間違いありません」

青木が言った。

俺は、青木の指示に従い、その書類二通にそれぞれ丁寧に署名、捺印した。

そして、青木から、そのうち、一部の書類を受け取った。俺はそれを四つ折りにすると背広の内ポケットにしまった。

「さて、どうされますかな?」

黒木雄一は言った。

俺は答えた。

「早速ですが、今日の午後から取締役会を行ないたいと思っています」

青木が言った。

「これは、いきなりの職権乱用ですね」

俺は苦笑いした。

「では、引き継ぎの連絡も兼ねて、私の車で彼の会社までお送りしましょうかな」

黒木雄一はそう言い、しばらくしてこうつけ加えた。

「君にビジネスだと断言した以上、私も約束は守らせてもらったが、心中、非常に穏やかでない……」

と、黒木雄一は幾分、険しい表情で俺を見つめた。

「はぁ……」

俺は上目遣いで、黒木雄一を見つめた後、蛇ににらまれた蛙のようにうつむいた。しばらくのあいだ沈黙が続いた。

間を見計らって、再び黒木雄一と顔を合わせた。その顔は先ほどのすごみのあった表情とはうって変わって、まるで、どうしようもない駄々っ子を見つめるような表情に変わっていた。黒木雄一は言った。

「不思議な人だねぇ、君は……。人徳とでも言うんだろうね」

本田部長と柴田は、おたがいに顔を見合わせて意味あり気に笑った。

黒木雄一は続けて言った。

「道中、この三千万円の出所などのお話を是非、伺いたいもんですなァ」

俺は笑顔で言った。

「その道中は、食事付きですか？」

黒木雄一は、ニコニコと苦笑し、何回も首を縦に軽く振りながら言った。

「もちろんだとも。たった今から、君は黒木ファミリーの一員だ、よろしく、麻生君！」

黒木雄一は握手を求めた。俺は、スラックスで素早く右手の手のひらの汗を二度ばかり擦りつけて拭うと、黒木雄一とがっちりと握手を交わした。その手は、予想外に温かく、優しく感じた。その時、柴田は俺に向かって小さく指でＯＫサインを出した。俺は目で合図した。本田部長は満足そうに言った。

「俺は、出る幕なし、だな」

黒木雄一は、秘書の青木に言った。

「君も同行して、総会に出席したまえ」

「はい、承知致しました。では、私は出発の準備をして参ります」

青木は一礼し、部屋から出ていった。それと入れ替わりに、コンコンとドアがノックされ、女性秘書がコーヒーをトレーに乗せて入って来た。彼女は軽く会釈しながら一つ一つ丁寧に客の各横側よりテーブルにセットした。

「どうぞ、コーヒーを飲んだら出かけましょうか？」

黒木雄一は湯気の立った、香り高い、そのコーヒーを俺たちに薦めた。俺は、早速、それを味わった。興奮していて味などわからないが、高揚したハートに沁み入るようなこのコーヒーは……また、格別であった。

ほどなく、秘書の青木が支度を終えて、この部屋に戻ってくると、俺たちは出かけた。黒木雄一を先頭に廊下を歩くと、すれ違う社員たちが立ち止まり、会釈した。エレベーターで一階に降りると、付近に溜っていた社員たちが、通用口までの通路をさっと空けた。その綺麗に空いた社員の間を、黒木雄一の後に続いて出口まで歩いた。

出口の一番裾で、社長室まで案内してくれた受付嬢がその可愛い顔の横でVサインを出した。俺も、小さく額の辺りで指二本立てて軽く、敬礼した。玄関を出ると正面に横付けされたリムジンが太陽の光を浴びて黒光りしていた。俺たちは黒木雄一に続いて、そのリムジンに乗りこんだ。穏やかなスロープを滑るようにしなやかに、リムジンは動いた。緊張感と優越感……そこには、確かに男のロマンがあった。

15

リムジンは、黒木貫志の会社の前で停止した。その出入口には、なんと……愛しい人の姿があった。秘書の青木の連絡を受けて、同じく秘書の葉子が客人の到着を待っていたのだろう。こんな形で会うことになろうとは……。

彼女は相変わらず、そつのない綺麗な身のこなしでリムジンに駆け寄り、俺たちのドアの前まで来るとドアに手を掛けた。ブロンズガラス越しでは、彼女からは中を窺い知ることはできないのだろう。一番、彼女より遠いリアシートから俺は彼女を見ていた。俺が乗っているとは知る由もない彼女は、相変わらず優しさと温かさを湛えた笑顔で、車のドアを開けた。

「いらっしゃいませ。お久しぶりでございます、お待ちいたしておりました」

と、まずは、先に降りた黒木雄一に声を掛けた。

「いらっしゃいませ」

彼女は降りてくる客、一人一人に声をかけ、その都度、会釈した。本田部長が降りて、柴田が降りた。俺の番だ……。

「いらっしゃいませ」

俺に声をかけた彼女は、会釈した頭を上げると同時に俺と視線を合わせた。彼女の表情は見る見る変わった。

「あ……そ……う……さん！」

思わず取り乱して、彼女は両手で口を覆った。そして、彼女の声に、周りが気づいて、こちらを振り返った。俺は、金蘭の契りをこめて彼女に挨拶をした。

「こんにちは」

その言葉だけで、彼女は、まるで、すべてを承知したかのように平静を取り戻し、会釈すると、囁いた。

「紅は園生に植えても隠れなし……」

彼女の髪の香りが仄かに漂った。

「ありがとう」

俺は微笑むと、彼女に短くそう言った。

黒木雄一がすかさず俺に尋ねた。

「彼女とは知り合いですか?」

俺は、ためらうことなく答えた。

「恋人です」

「ほほう！　それは……それは……。偶然ですかな?」

黒木雄一は、少し勘繰るような上目遣いで、俺を見た。

「偶然は偶然なんでしょうけど、今となっては必然に思えます」

「君はよほど運命の女神に気に入られていると見える……」

黒木雄一は、感心したような表情で、軽く首を横に振りながら、会社内へ足を踏み入れた。葉子は、続いて俺たちを先導して案内してくれた。いよいよ、黒木貫志とのご対面である。

握った手のひらが、少し汗ばんでいた。葉子はエレベーターを使用した後で、長い廊下を先導して歩き、会議室とプレートの掲げてある部屋の前で停止して言った。

「こちらで、社長と関係者がお待ちしております。どうぞ」

葉子は、ドアを二回ノックすると、外側のノブを引いてドアを開けた。そこは、二十畳くらいのフロアーに四角く会議用のテーブルがセッティングされてあり、その周りに椅子が一辺に五客ずつ二十客ほどが並べられていた。その手前のそれぞれ二辺には人影があった。

黒木雄一とその秘書の青木は、そのまた隣の一辺に着席した。人影のあった二辺のうち、出入口に一番近い方の席に黒木貫志はいた。その場で立って客人を迎えていた。黒木雄一と青木は黒木貫志らの背後を通って、その次の一辺に着席した。出入口に近いもう一方の席には、この会社の取締役らしい面々が三名、同じく立って出迎えていた。先に本田部長が歩き、黒木貫志に声をかけた。

「久しぶりだな、麻生」

黒木貫志は、旧姓を呼ばれて驚きを隠せない様子で、本田部長を幾分鋭い目つきで見た。そして、思い出したように低く、小さな声でつぶやいた。

「本田さん……」

部長は、それに答えず、葉子の案内する窓側の、一般に上座と呼ばれる席に着いた。俺と柴田も順番にその席に着いた。それを見て、立っていた面々も着席した。そして、最後に、案内役の葉子も上司である黒木貫志の横の一番出入口に近い椅子に静かに着席した。奴の目は、奴の真正面に座った俺の顔を見るや否や、俺に釘づけになった。そして、思い出したように言った。

「君は……確か……以前、仙台のホテルのロビーで……」

俺は、奴を真っすぐに見返した。その様子を見て、黒木雄一が言った。

「麻生君、彼とは面識があったのかね？」

黒木貫志は、それを聞いて突拍子もない声で叫んだ。

「何!!　麻生だって!?」

彼の顔色が見る見る変わった。そして、わめき続けた。

「ひょっとして？　まさか……そんな！」

彼のただならぬ様子に、周りはにわかに騒然となった。

俺は顎を突き出して言った。

「そうです。やっとここまで来ましたよ、お・じ・さ・ん」

「君が……君が、兄貴の息子なのか！」

動揺を隠しきれずに、彼の声は上ずっていた。俺は、視線に力をこめて言った。

「頭のよいあなたのことだから、もう、おわかりでしょう……？」

「……」

奴は、俺から視線を外した。

「社長？」

黒木貫志の様子を気遣い、葉子が、声をかけた。が、彼は、微動だにしなかった。事態を把握できず、役員たちはざわめきだした。

「皆さん、お静かに願います」

秘書の青木のひと言で、周りの雰囲気は再び平静を取り戻したように静まり返った。その中で黒木雄一がおもむろに話しを切り出した。

「えーっ、突然ですが、今日、緊急に皆さんにお集まりいただいたのは他でもありません。何せ、急なことでご納得いただけないかとは思いますが、本日づけを持ちまして、この会社、デュオ・プランニングにおける、私の所有していた株のすべてを、ここにいる麻生君にお譲りしました」

「会長!!」

黒木貫志の呻き声とともに、再び、周りはざわめきだした。黒木雄一の秘書の青木が言った。

「皆さん！　お静かに願います」

黒木雄一は秘書の青木に言った。

「これから先は、君が話を進めてくれたまえ」

「かしこまりました」

青木は、言葉を続けた。

「いろいろと、意見はおありだろうと思いますが、まずは、彼をご紹介しましょう。本日付けで、デュオ・プランニングの筆頭株主、並びに本社の取締役になられました、麻生翔吾さんです……。ご挨拶をお願いします」

俺は、その場で起立して言った。

「ただ今、ご紹介にあずかりました麻生と申します。もうすでに、私のことをご存知の方もいらっしゃるとは思いますが……よろしくお見知りおき願います」

俺は、それだけ言うと着席した。パラパラパラと遠慮がちにまばらな拍手の音がした。

青木が俺に尋ねた。

「今日は、紹介ということで、よろしいですか?」

「いえ、皆さんにお伝えしたいことがあります。お話ししてもよろしいですか?」

「いいでしょう」

俺は、一呼吸おき、再び席を立つと、黒木貫志の方を左腕を水平に上げて指さした。黒木貫志は、身構えて身体を少し震わせた。俺はお構いなしに言い放った。

「黒木貫志さん！　あなたを、社長のポジションから解任します」

突然の発言に、皆は言葉を失っていた。黒木貫志は、ただ下を向き、机の上で両手の拳を握り締めていた。役員たちが当惑の表情を浮かべる中、黒木貫志の隣で着席していた葉子がガタンと立ち上がり、言った。

「待ってください、麻生さん！　いくらなんでも唐突過ぎます。なんの理由も聞かされないままで解任だなんて！　部下としては納得できません!!」

俺は、発言した葉子ではなく、黒木貫志に向かって言った。

「理由は、あなたが一番よくご存知ですよね」

「……」

黒木貫志は黙ったまま視線を上げて俺の顔を見た。その顔には、はっきりと諦めが見て取れた。俺は言葉を続けた。

「理由を、お話ししてよろしいですか？」

「いや……、私から話そう」

そう言って、黒木貫志は席を立つとおもむろに話し始めた。

「彼が私を解任したい理由は、私の過去にある……そうだね」

黒木貫志は俺に問いかけた。

「はい」

俺が肯定すると、彼は再び話し出した。

「自分でも思い出したくないような過去を、しかもこんな場所で、皆さんに話さなくてはならなくなるとは、身から出た錆とは言え、ほとほと情けないが……」

彼は、そこまで言うと、ふと視線を窓の方に向け、ほんの少しの間、その会議室から見える空を見ているふうだった。それから、その視線を俺に向けて言った。

「そこに座っている麻生さんとは、実は私の兄の息子さんだ。つまり私にとって甥にあたる。私は、彼の兄とは決して仲のよい兄弟ではなかった……。私は、以前、私利私欲のためにその兄貴の経営していた会社を買収して売り飛ばした。その理由から私は今、解任を強いられている」

黒木貫志は、そこまで言うと言葉を詰まらせた。

「まあ、要約するとそんなところでしょう」

俺がそう言うと、黒木貫志は力なく着席した。黒木貫志の部下で、専務取締役の梶村が挙手した。青木がそれを促すと、梶村は言った。

「しかし、過去はどうあれ、現時点で、会社の業績は鰻登りです。経営にもなんの問題もない。その事実から、黒木社長を解任するということは、会社の損失になるのではないでしょうか？」

黒木雄一が口を開いた。

「君の言う通り、それは評価されるべきことだが、麻生君には、私の所有するこの会社のすべての株を譲ったんだ。だから、皆さんはご承知だと思うが、麻生君の口にすることは決定なんだ」

俺は言った。

「私は会社を買いました。あの日、あなたが親父にしたのと同じように……」

黒木貫志は、その場でがっくりと肩を落とした。その姿からは、先ほどまで放っていた彼の威厳すら、微塵も感じられなくなっていた。彼は、小さな声でポツリと言った。

「しかし、あの日……兄貴は……」

「えっ？」

俺は、聞き取れずに聞き返した。

「いや、なんでもないんだ」

黒木貫志は力なく言った。

専務の梶村が言った。

「社長とは、創業以来のつき合いになるが、彼は、変わったよ……。本人を目の前にして言うのもなんだが……確かに以前の彼なら平気で会社解体なんてことをやりかねなかったろう。しかし、今では会社一の働き者だと思う。麻生君は、今の社長を知らない……。時の流れは人を変える……。なあ、上野君」

と、専務の梶村は葉子に話を振った。葉子はきっぱりと言った。

「社長を尊敬しています」

「葉子……」

俺はつぶやいた。

黒木の表情にも偽りは感じられなかった。

もう、充分だった。

その時、葉子がぽつりと言った。

「社長は、どうなるのですか？　社長には、まだ幼いお嬢様が……」

俺はハッとした。理由はどうあれ、過去は繰り返される……ここで断ち切らなければ!!

本当に、もう、俺の中で、充分だった。すべては終わったのだ。

俺はゆっくりと口を開いた。

「前言を撤回します！　デュオ・プランニングの社長は今まで通り黒木貫志さんにお願いします。そして、私は黒木雄一さんの会社における取締役の権利も放棄します」

「あ、そ、う君？」

黒木貫志は顔を上げ、信じられないと言った表情を俺に向けた。周りも同様だった。誰もが、同じ表情をしていた。

俺は背広の内ポケットに大切にしまっていた黒木雄一と交わした契約書を取り出した。俺は、封筒に入ったままの契約書を横にして両手で持つと、それを勢いよく真っ二つに破った。

「ああっ！　契約書が……！！」

秘書の青木の大声が会議室に響いた。一同もざわめき立ったが、それは、すぐに黒木雄一の発言で消沈した。

「よく言った！　麻生君。君の選択は正しい。私は、君のことをそういう器の男だと思っていたよ。君は先覚者たるにふさわしい」

その言葉の意味するところを誰もが自分の胸に刻み終えると、誰からともなく拍手が起こった。その拍手は、次第に大きく大きくなっていった。一人一人が、手がちぎれんばかりに一生懸命に拍手していた。まるで魂の叫びであるかの如く……。俺は心の底から満たされてゆくのを感じた。拍手が自然に鳴りやんだ頃、黒木雄一は俺に言った。

「そこで、私からの提案なんだが……どうだろう？　君さえよければ、君のために会社を一つ作りたい。私が全面出資する。君に投資したくなった。私は君を失うのが非常に惜しいんでね」

俺は、笑顔で即答した。

「願ってもないことです」

「では、引き受けてくれるんだね？」

黒木雄一は穏やかに微笑んだ。

俺は言った。

「もちろんです」

今度は、本田部長が横から俺を小突きながら言った。

「葉子君は、今度は君の秘書だね」

俺は少し照れて、右手で髪をかき上げると言った。

「いえ、彼女は……僕の人生の秘書に……彼女さえよければ」

「プロポーズだね、しかもこんな場所で……。証人はいっぱいいるぞ！」

本田部長がひやかしながらそう言った。黒木貫志は隣の葉子の背中を優しく支えながら言った。

「彼は君の？」

葉子は嬉しそうに答えた。

「恋人です」

「そうだったのか……。見る目、あるねぇ君は……」

黒木貫志は一呼吸置いて、葉子の背中を軽く押して言った。

「葉子君、返事を……」

葉子は顔を赤らめながらも、はっきりとした口調で言った。

「最高のプロポーズです。ありがたくお受けします」

また、拍手が起こった。拍手の中、葉子の瞳に美しく光るものを、俺は見た。そして、俺は確信した。これで良かったんだと……。

会議室はガランとしていた。皆が会議室を出ていった後、黒木貫志は、同じく会議室を出ようとした俺を人知れず呼び止めた。今、この部屋には、俺と黒木貫志の二人っきりだ。

彼は、おもむろに口を開いた。

「初めまして……になるんだろうか？　挨拶は……。君と、まさかこんな形で会うことになるとは……ね」

「はい……」

俺は短くそう返事した。

「少し話を聞いてもらえるだろうか？」

「……はい」

「私は、社長業というものをやってみて、初めて兄貴の気持ちがわかった。人間、実際にやってみなければ本当のことはわからないもんだね……」

「そうですね」

「私は過去の罪を償うように、人の二倍、三倍働いた。いつのまにか私は、あれだけ嫌っていた兄貴と同じようなことをしているんだよね。これが……」

「……」

「それで、急に兄貴に会いたくなって三カ月ほど前だったかな？　山形に会いにいったんだよ」

「えっ？　本当ですか、それは！」

「ああ、幼い頃よく遊んだ、あの山寺で……」

「……」

「俺は、兄貴に詫びた。兄貴は快く許してくれたよ。そして、兄貴は言った。『なーに、気にすることはない。俺には土いじりの方が向いていたようだ。土を触っていると、とても安らぐ……。天職だったのかも知れない。それから、もし、俺の息子に会うようなことがあれば、その時は、息子をよろしく頼む』と……」

「そうだったんですか。……それを聞いて少しホッとしましたよ」

「ところで、兄貴はどうしているかな？」

「それは、ご存じないのですね」

「何かあったのかね？」

「亡くなりました、半月前だそうです」

彼は、両手で顔を覆って言った。

「なんてことだ‼」

彼は、その状態で身動きせず、しばらくしてその覆った手の隙間から涙が覗いた。彼は言った。

「許してくれ！……せめて、これから、少しずつ罪滅ぼしをさせてもらうよ。私の一生をかけて……」

俺は返事の代わりに、右手を彼の前に差し出した。彼は同じく右手で俺の手を強く握った。俺はその手に力をこめた。がっちりと交わした握手に二言はなかった。

「わかりました。親父もどこかで喜んでいると思います」

彼は、小さくうなずくとポツリと言った。

「詫びてよかった……なぜか急に謝りたくなったんだよ、虫の知らせってやつかな」

彼は、続けて言った。

「これから、君と私は同等の立場になるわけだが、経験は私の方が勝る。その経験を少しでも君の役に立てたいと思う。こんな叔父でも受け入れる気があるだろうか？」

「……」

「翔吾君？」

俺は、今までの会話はまるでなかったかのような明るい表情をして、少し上目遣いで言った。

「じゃあ、車で手を打ちましょう！」

「えっ？」

「おじさんの会社を買うために、車を売ってしまったんですよ。それが、思いのほか不便で……」

俺はそう言うと、右手で頭をかいた。

黒木貴志は、まるで駄々っ子を見つめるような目つきで微笑んで言った。

「お安い御用だ……、君が会長に気に入られたわけがわかったよ」

「恐れ入ります」

黒木貴志は、笑って言った。

「しかし、これっきりにしてくれよ。これじゃあ、いくらあっても金が足りない」

「わかりましたよ」

俺は、右手を上げてそう言い残すと、黒木貴志を残して部屋を出た。ドアがゆっくりとしまった。廊下にはもう誰もいなかった。きっと皆、気を利かせてくれたのだろう。

ふとその時、廊下の一番向こうの先から、西日を一杯に浴びて眩しく光ったハイヒールの先が覗いた。葉子だった。

彼女は数メートル先で、俺の正面に立った。彼女は眩しそうに笑った。俺は彼女目がけて、その長い廊下を駆け出した。彼女も同時に駆け出した。そして、俺は彼女をこの腕にしっかりと抱きとめた。そう、いつかのあの夜と同じように……。

あの夜がはっきりと甦った。しかし、あの夜とは、確実に違っていた。俺は今、自分の未来への限りないチャンスと彼女の真実の愛を手に入れたのだ。俺はかつて味わったことのない素晴らしいエクスタシーを感じていた。

窓の外には夕焼けがスクリーンのように広がっていた。一面、ピンク色の……、見たこともない、美しい夕焼けが……。

俺は学んだ。

自然に勝るものなど何もないということを……。

そして、

努力は決して人を裏切らない。

著者プロフィール
求　晴日（もとめ はるか）
1965年、大阪生まれ。
現在福岡市在住、2児の母。

偶然という名のドア

2001年12月15日　初版第1刷発行

著　者　求《もとめ》　晴日《はるか》
発行者　瓜谷 綱延
発行所　株式会社 文芸社
〒112-0004 東京都文京区後楽2－23－12
電話 03-3814-1177（代表）
03-3814-2455（営業）
振替 00190-8-728265

印刷所　株式会社 平河工業社

ISBN4-8355-2820-4 C0093